虫坊主と心坊主が説く

生きる仕組み

養老孟司
名越康文

実業之日本社

虫坊主と心坊主が説く

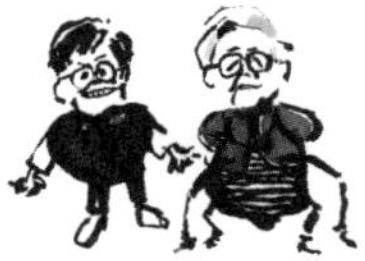

生きる仕組み

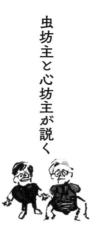

対談の前に

本書をお手にとっていただきありがとうございます。

養老孟司さんと名越康文さんのお二人の対談を収録した本はこれまで『他人の壁』（ＳＢクリエイティブ）と『ニホンという病』（講談社）の二冊が出版されており、『虫坊主と心坊主が説く 生きる仕組み』は三冊目になります。

名越康文さんが対談が終わってからこうおっしゃいました。

「〝らしさ〟がでた語らいの本になればいいですね」

二人の共通点は、「社会を一ミリも変えようと考えていないこと」なので、それがにじみ出た対談になればと。

また、お二人はこう話されました。

「これまでしゃべったことはお経みたいなものだから」

お経というと、ときにわけのわからないものという喩《たと》えで表現されることがありますが、そんなことはありません。名越さんは、

「お経に答えがないのではなく、お経が答えそのものである」と。

対談では、世の中のいろいろな出来事が題材として出てきます。

しかしお二人はジャーナリスティックに切り込んだりすることはありません。

名越さんはこう言います。

「人間というのは、現実をなかなか見ることができない。幻想を見ているようなもの。現実が見えないまま、うろたえたり悲しんだり怒ったりしている。養老先生はそんな人たちに、現実を見せてくれる。現実はこうなんだよと。そうすると、心が安定してくる。お経というのは、苦しみを取るというか、現世を生きていると、さまざまなモヤモヤがありますが、そうしたものをすっきりさせてくれるんです。要するに〝バカボンのパパ〟じゃないですが、『これでいいのだ！』というふうに。いい加減に言っているんじゃない。そう言いながら、人の幸せを祈る。これは一種の菩薩行《ぼさつぎょう》だと思いますね。人のために生きるとい

うこと」

お経は、お経の「経文」そのものと、それを解説する「解題」から成り立っているといいます。養老さんは経文を、名越さんは解題という役割分担で話し合っていきます。

対談は、鎌倉の養老邸、箱根にある養老さんの昆虫館、そして弊社会議室と場所をかえて行われました。世にも不思議な本かもしれませんが、少し心が疲れているなとか、生きるのがつらいなと思ったときに、そっと開く本になればと思います。

編集部

まえがき

名越康文

現代は地図のない時代である。いや地図はあっても自分の現在地がわからない時代と言った方がしっくりくる。私はもともと計画性のあまりない人間だが、それでも前より頻繁に自己点検らしきものをするようになった。フロイトならこれを強迫症と呼んだだろうが、かの時代も今と同様、流氷の上に立つような時代だったのかも知れない。

現代の底の見えない不安の中で、どのように現在地を確かめれば良いのか、というのがおそらくこの本の無意識的なテーマだろう。未来を語る言説は枚挙にいとまがないが、その未来はすべからく今に敗北した未来である。現在が辛く探求の価値もないと考えるから、未来へと逃走するのである。現在という時間さえ茫漠とした世界の中で、改めて今を同定することが可能なのだろうか。

何を考え何を思うのか。人が考えることで自己を確認するとしても、それには基盤たる地平が必要だ。この数ヶ月そのことを芯の部分で感じ続けていた。というのもコロナ騒動が始まって一年と経たぬ頃から、ああこの社会の底がとうとう抜けてしまったのだなあと漠然と、だがしみじみと感じ入ることがあったからだ。もはや常識というのは生成ＡＩの中にしか存在しないのではないか。人間は自らの位置付けをＡＩに依存したほうがとりあえずアウトプットを維持できそうである。これは方向を変えれば、人間は決して自由に思考できる頭脳を持ちあわせていないということだろう。仕事も移動もまったく滞りなく続けられる一方で、いつもどこか唖然としていたのは、私の脳がそのことを思い知らされていたからかも知れない。

生物の中で、これほどはっきりと自意識というものを持たされたのは人間だけだろう。では自意識はなぜ生じるのかというと、脳の神経回路の複雑さがその原因ではないかという。脳神経科学の専門家ではない私にはいまいち納得できないのだが、仮にそうだとすると、回路の複雑さが故に出現した自意識は、すっきりとしたかたちでは決して自覚されない宿命を持つ、と理解して良いのだろうか。私は一応そう思っている。その上で更に私の知見を述べるならば、その自意識を掻い潜って混乱した闇を抜けると、そこには比較的安定しすっきりした意識野が存在する。つまり意識は更に先に続いているのだ。それを古来、空とも無心とも真我とも呼んでいるように思うが、その突き抜けた次元の意識もまた、こちら側の自意識や世界を見つめているのである。

その領域が確固として開かれていれば、私もこんな船酔いのような気分を味わうこともなかったのだろうが、現実にはずいぶん自分の弱さを思い知らされたわけだ。

何かを根本的に考えることができるという点で、他の動物とは根底から異なる生き物なのだなどと、私は無意識的に人間だけの聖域を想定していたらしい。これも一種の自己愛なのだろうが、少なくとも個人的にはそれはとても疑わしいものとなった。この2年余り、私たちは何かを考えているふりをしてきただけではないだろうか。これはこの本の主題ともなっている、現状をただ認識した結果であって、決して反省ではない。人間の知性の貧弱な限界をただ静かに認めているのだ。つまり人間は何かの壁、あるいは土台なしにはろくに何も考えることができないのだ。そこに自我という大いなる幻想が必要であった理由もあるのかも知れない。つまり自我を想定するからこそ、その自我からみた正義や悪、損得や執着が見えてきて、そこに世界なる壮大な幻覚の舞台も出現し得るわけだ。

このような時代に養老先生と1年に渡って対談を続けられたことは本当に幸運だった。養老先生は敗戦という価値のほとんどが無効となってしまった時点の感触を経験しておられるし、その後手のひらを返したように社会の歯車が真っ赤に加速し、自らの見当識を遥かに超えてしまう変化の中で、数字や単純なプロパガンダでしかリアリティを感じ取れない現代に至るまでの虚しい移ろいを経ておられる。また一方でそういった幻想とは無縁の場所で、無限のバリエーションを保つ昆虫の世界にいつも肉薄されている。これほど恰好の壁はないのではなかろうか。養老孟司という時空を超えて立つ壁の反響を感じ取って、しばし我々も人間が生きられる時間の幅を取り戻そうではないか。

最後になりましたが、この企画を強力に進めてくれた若き俊才編集者、村嶋章紀さん、養老先生と私の風の向くまま気の向くままに語る世話もののような話を、絵になる繊細なタッチでまとめて下さったライターの西所正道さんに最大の謝辞をおくります。

目次

第一章　「仕事」ってなんですか

第二章 「成功」ってなんですか

第三章 「世の中」ってなんですか

第四章 「自分」ってなんですか

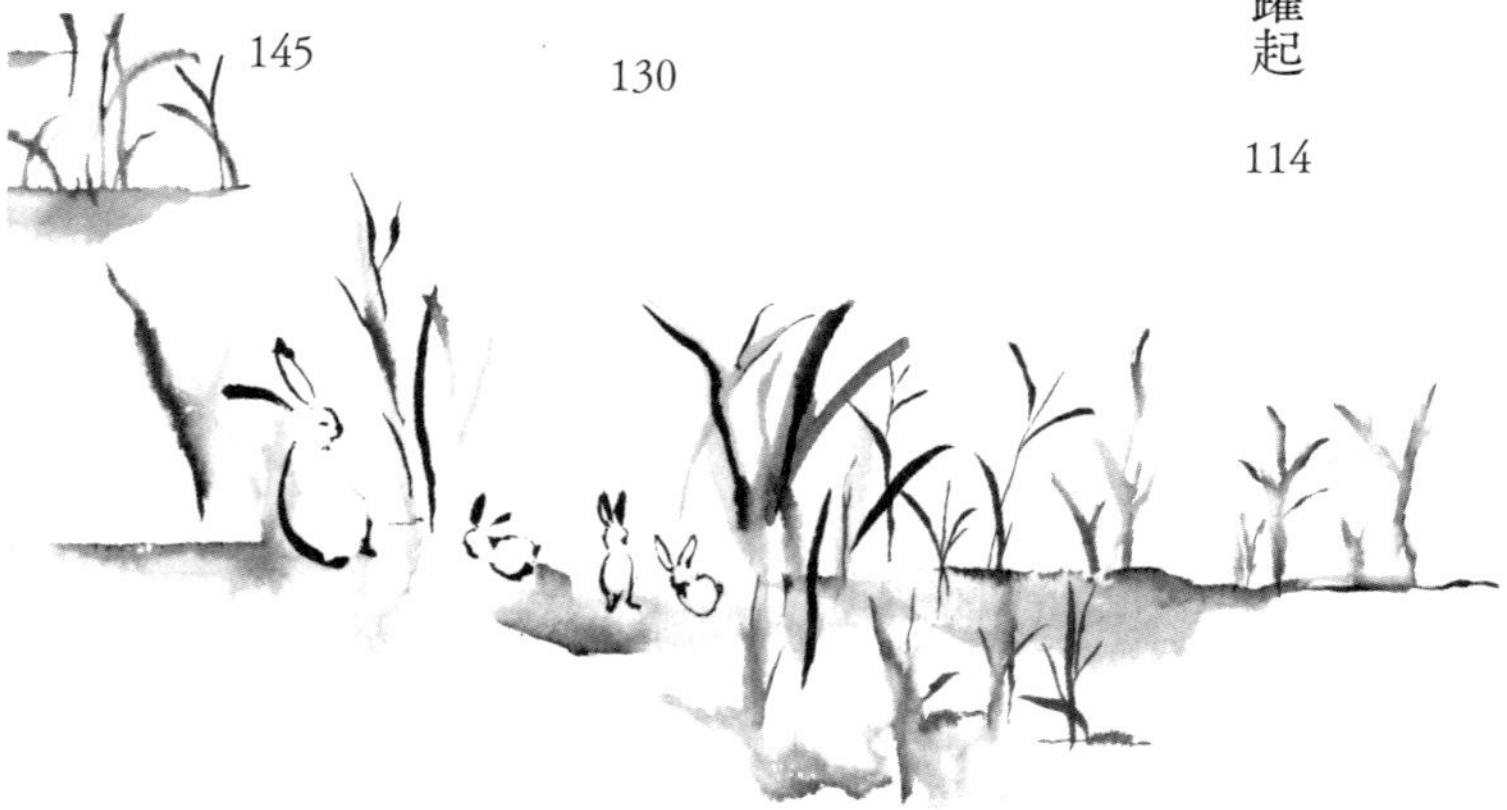

第五章　「現実」ってなんですか

第六章　「死ぬ」ってなんですか

第一章
「仕事」ってなんですか

やりたいことっていうのは仕事じゃねえよ

――「やりたいことをやりましょう」という言葉が、就職を考える人たちへのアドバイスとしてよくでてきます。たとえば有名ユーチューバーのＨＩＫＡＫＩＮさんも、「好きなことをして生きていきましょう」と言っている。でも、十代や二十代で、必ずしも一生続けていける「好きな仕事」にめぐり会えるわけではないと思うんですね。そもそも好きなことを仕事にするということについて、どうお考えでしょうか？　養老さんは解剖医、名越さんは精神科医ですが、お二人はそれぞれの仕事を好きで始めたのでしょうか。

養老　そもそも、やりたいことっていうのは仕事じゃねえよ。僕が好きなのは虫だもの。

名越 僕はやりたいことをみつけた方がいいという気はしますが、やりたい仕事をやりましょうっていう話には現実感があまり持てないんです。だって僕は、やりたい仕事がなかったから精神科医になったんやから。消去法です。HIKAKINさんは、生きているうちの八割は好きなことをやってるってどこかで言っていたけど、仕事量からすると、ユーチューバーってめちゃくちゃハードワーカーだと思うけどね。

養老 やっぱり『論語』を読んだ方がいいよ。『論語』っていうのは、その弟子たちの対話を集めたものだけど、孔子はこう言っているから。

「これを知る者はこれを好む者に如《し》かず。これを好む者はこれを楽しむ者に如《し》かず」

（『論語』岩波書店）

ごくわかりやすく言うと、いま一般的に言われている「好きでやる仕事」をやる人は二番目で、好き・嫌い関係なく、楽しんでやるのが一番というのが孔子の考え。好きで仕事をやっている奴は、楽しんで仕事に取り組んでいる人にはかなわないということです。いま自分が取り組んでいる仕事を楽しめと。もっといえば、どの仕事がいいかを思案するよりも、仕事をやりながら考えるということですよね。なんでもない仕事におもしろみを見つける。やってみなきゃわかんないんだから。

名越　自分がやっていた解剖医なんて、まさに「これを楽しむ者に如かず」だよね。自分から頼みまくって解剖をやるといったら、ちょっと性格異常かもしれない。解剖はそうですよ。初めから解剖が楽しいって、ちょっと感覚がズレてるかもしれない。

養老　僕は仕事というのを、「世間のニーズ」だと定義しているんです。世間のニーズがどこにあるかわかんない。たとえていえば、「地面にあいている穴ぼこ」があるとする。それを埋めるのが仕事で、埋めて歩きやすい道にしたらみんなが「ごくろうさん」とお金をくれる。穴ぼこを「ニーズ」と呼んでいる。

名越　そのたとえはすごく分かりやすいですね。確かにそうかもしれない。僕は日常のくだらないことでもよく驚くのですが、昨日、風呂場の下水が詰まりましてね。いまは何でも売っている世の中なので、ゴミを取るネットがあるんですね。ゴミ取りネットを作った人は、自分自身も詰まらせたことがあったのかはわからないけれども、詰まることを防止する物を作ったら困る人が少なくなるというふうに思ったんでしょうね。養老先生の言葉を借りれば、地面の穴ぼこがあるなというニーズに気づいて、それを埋めたわけですよね。だから、そのゴミ取りネットを生み出した人に、みんなお金を払う。

仕事は自分の居心地で決める

――養老さんは、なぜ医師になろうと。なかでも解剖医になろうと思われたのはなぜなのでしょうか？

養老　インターン（医師国家試験前に、大学医学部卒業後一年間義務づけられた実地修練制度）もやったけど、どうも合わないなと思ったんですよ。とにかく当時は患者が簡単に死んだんですよ、いろんな理由はあるけれども。自分が臨床医になったら、何人殺すか分からないと思った。母親は開業医なんだけど、『百人殺さなければ一人前の医者にはなれない』などと勝手なことを言うわけ。でも僕が考えていたのは、それとはちょっと違って、自分が何らかの間違いを起こして、患者が死ぬことがある。するとそのことが自分の記憶に残るわけ。いったい何人、自分の記憶に残せばいいのかと。そういう記憶が積み重なったらどうなるかを考えたとき、イヤだと思った。解剖だったら患者はもう死んでいるから、これ以上死ぬ心配はない。

それとね、解剖をやっているとき、どういうわけか、気持ちが落ち着くんですね。患者を診ているとすごく疲れるのとは対照的だった。

対人関係が苦手なのかな。死んだ人を解剖して、なんで気持ちが落ち着くのかって不思議に思うかもしれないけど、解剖したものというのは、全部自分がやったことだからね。手足がバラバラになっている。はじめはちゃんとした場所についているんだけど、解剖をしているうちにひどいことになっていく。でもそれもすべて自分がやったこと。そういう世界が、自分にとっては楽だったんですよ。自分がやったことですべてケリがつく世界がね。僕はそれが本当の「自己責任」だと思う。エラい失敗しちゃったということがあっても、やったことは全部自分が引き受けなきゃいけない世界。誰のせいにもできない。

もう一つの理由は、勉強したかった。知りたかった。臨床医だったら患者さんが問題を抱えてくるでしょ。その問題を解決してあげるのが臨床医の仕事。ところが解剖医の前に問題を抱えた人はこないですよ。だから、自分で何が問題かを考えなきゃいけないわけです。それが解剖のいちばんの仕事。ものすごくやっかい。当時の自分が考えていたことは、問題が向こうからやってくるような臨床の仕事は怠けているんじゃないかということ。問題が来るのを待っていればいいだけだから、楽できる。それではダメだと。

パスツールっているでしょ。「ワクチン」の名付け親で、狂犬病、ニワトリコレラ、炭疽菌《たんそきん》などのワクチンの開発に成功した細菌学者。彼は、生涯七つの仕事をしているんだけど、全部頼まれ仕事らしいんだ。それでもちゃんとした仕事になっている。こういうやり方もあるんだと思ってね。自分で問題を見つけていけば、もっとおもしろい仕事ができるのではないかと思ったんです。

名越　そういう役割の方がしっくり来たんですね。

養老　結局、自分の居心地で決めてるんです。解剖はいちばん居心地がよかった。だからネコが好きなんじゃないかな。

名越 というのは？

養老 ネコはほら、自分の居心地のいいところにしかいないじゃないですか。

名越 犬は違いますか？

養老 無理していたくないところにいるから、いろいろストレスがある。ネコは、家の中で一番いい場所にいつもいるんですよ。

名越 渋谷のハチ公は、ずっと待っている。寒いときも暑いときも。あれは無理してるのかな。

楽しすぎる仕事を選ぶと人生がすぐに終わってしまう

――名越さんはなぜ精神科医になられたんですか？

名越 話は長くなりますけど、僕の場合は、親父を見ていたからですよね。親父は医者になりたかったんだけど、家が貧しくて浪人できなかった。それでサラリーマンを経て洋品店をやった。物心ついて、父親の仕事を知って、まず驚いたのは、店を出すには必ず借金しないといけないってこと。そんな恐ろしいことをよくするなと思った。自分のお金で店を出すのではなくて、借金して店をだす。借金を返すために店をやる。ところが近くに大手スーパーなんかが来ると、別の駅前にも店を出さないと競争に勝てない。それで親父は死ぬ前に八店舗だした。

人からはお父さんすごいですね、八つの店を出してと。偉いと思いますよ。だって三十人ぐらいの店員さんがいたから。その人たちの生活を、結果的には親父が見ていたのかもしれないけど、この借金するシステムって何なんだと。これは僕の肌には絶対合わないと感じたわけです。

母親は代々医者の家系なので、借金して商売するっていうシステム自体が狂気の沙汰だと思っている。もちろん医師の中にも、今ならばＣＴや、場合によってはＭＲＩといった高額な医療機器を借金して導入する人がいるから、多少そういう経済システムに巻き込まれる部分があります。母方の祖父は昔の内科医でしたから、レントゲンの機械を一台置いてあるぐらいでした。その程度だから、親父がやっているような商売の仕方は、母親にとっては信じられない。だから絶えず夫婦げんかをするんです。

僕は父親のことが大好きでした。でも、そういう家族の空気を感じて、父親の世界に俺は行けないなと思っていました。跡は継げないなぁと。

じゃあ、なんで医者になったかといえば、まず、サラリーマンは何をやってるかさっぱりわからへんから。みんなスーツを着て歩いているけど、どんな仕事をしているのかがぜんぜん見えてこない。イメージがわかないんですね。映画で植木等《うえきひとし》さんがやっているようなお気楽な雰囲気ばっかりじゃないだろうというのは何となく分かるけれども、とにかく仕事内容が全然わからない。企業に就職したら、会社員はチャップリンの『モダン・タイムス』みたいにベルトコンベヤーに追い立てられるような人生を送るのだと漠然と想像して、それは何とか回避したいと思っていました。それ以外、あまり情報がないので。逃げたいっていうか、こういう社会には出たくないっていう気持ちは、ずっとありましたね。

残る職業で、知っている職業を思い浮かべたら医者だったんです。もちろん医者の仕事がたいへんなのは身近にいたから分かっていましたよ。それにホンネをいえば、医者もなりたくなかったんですよ。何か分不相応だという、納得できない気持ちがあった。人間の身体という自分が気づいた時にはすでに存在しているような代物を、わかったふりをしてそんなに大胆に弄《いじ》ってよいのかというような気持ちがあった。もちろん、そうしないと救えないから投薬したり手術をするんだけど、「これ、長い目で見て正しいのか」と、どこか疑ってるんですね。

で、何科の医師になるかというときに、身体への侵襲という意味ではさっき言っていたことと矛盾しますけど、一時期、外科系を検討した頃があったんです。実際に手術をやって、それが終わって、成功しましたと。次の手術、また次の手術……といういわば非日常の連続だから。そういうのも憧れがあったんです。

自分はオタク気質があるんですよ。ここに神経がある、わー、血管がこんなふうに走っているんだとか。そういうのを確認していると、いちいち楽しいんですよ。プラモデルを作ってるような感覚で。実際脳の構造とか血管とか神経の通りとかを覚えていったり、レントゲンとかCTの画像を見て、なるほどと思ったり、体に個人差があることが具体的にわかったり、勉強すればするほどどんどんのめり込む自分がいるわけですよ。

実は脳外科医の方が多少は才能があったかもしれないんです。脳外科の研修が終わるとき、先生も半分何か喜ばしてあげようと思ったかもしれないけれど、こう言っていただいたんです。

「君、脳外科に来なさい。精神科医は向いてない」

自分でも確かにと思う部分もあり一晩ほど悩みました。

でもこう考えたんです。脳外科は楽しすぎて人生がすぐに終わってしまうのではないかと。楽しいけれども、めっちゃめちゃ好きなことをずっとやっていると、他のことを考えなくなるから、あっという間に人生が終わってしまって振り返ることができないと。それもまずいなと思いました。

じゃあ、なんで精神科医だったかといえば、「終わりのないようなこと、考えてもしょうがないことを考え続けられるから」。結局、いちばん好きなことではなく、そこそこ継続できることを選びました。

仕事を楽しむには、人がやらないことをやる

――さきほど養老さんから、仕事を楽しむのが一番だというお話がありましたが、ご自身は解剖を楽しくするためにどういうことをされましたか？

養老　あんまり人がやらないことをやるということかな。たとえば遺体の引き取りね。解剖は、遺体がないとできないから、必要な仕事なんだけど、みんな面倒くさがってやろうとしないんですよ。だって、遺族とか、亡くなった人の子どもとかに直接会って、遺体の引き取りについて説明するのってイヤでしょ。何が起きるかわかっている場合は楽でいいんだけど、遺体を引き取る場合には何が起こるかわかんない。遺族にはいろいろな性格の人がいるわけだからね。なかな

か事務的に進行しないのがネックですよ。そういうことはやっぱりイヤですよね。

場合によっては、大学側ともめることがあるんです。

お葬式が終わると、遺体を引き取ってくる。普通は焼き場に運ぶんだけど、解剖のために献体してもらう際は、大学に運ぶ。そういうとき、葬儀に参列して、香典をもっていくわけです。すると、大学の事務が「領収書を必ずもらってこい」というわけです。

でも現実には、相手は「取り込み中」なわけ。人が亡くなって、いろいろとお葬式で忙しい。そんなところに行くわけだから、「お取り込み中のところ申し訳ありませんが」という。香典に領収書なんていう人はほとんどいないから、領収書のために、わざわざハンコを持ってこなければいけないから相手も面倒ですよ。申し訳ないから、「じゃあ、(領収書)いりません」といって大学に帰ると、えらい怒られるんだよね。

「なんでもらってこないんだ!」と。

「領収書はなくしたことにしてくれないか」

と掛け合っても、駄目だと譲らない。

でも、そのときの東京大学総長は森亘《もりわたる》さんだったから助かった。理解がある人だったからね。主任教授のハンコと、大学の会計主任のハンコがあれば、領収書なしでいいということになった。あんなのたいしたことないんだよ。年間に二十件から三十件の香典を領収書なしにするぐらいは。流用の恐れはないわけだから。

名越　二十回以上もお葬式に行かれてたんですね。

養老　引き取りはそれぐらいありますね。葬式がない場合もありましたよ。献体だから、あらかじめ意思を示すカードを持っていて、「死んだらここへ連絡してくれ」って書いているから、連絡がくるんです。

名越　それはいろんなことに出くわしますよね。

養老　一度おかしいことがあってね。仮に「浜田さん」だとすると、浜田さんが亡くなったという連絡が大学に入ったんです。鎌倉の人だった。僕の地元だから土地勘がある。ちょうど浜田さんのご近所の店がまだ営業している時間だったから、浜田さんのことを聞くと、入院先がわかった。

「そのおじいさんなら、鎌倉病院に入院してますよ」

さっそく病院に行って、

「浜田さんという方、亡くなったそうですが？」

と看護師長さんらしき人に聞くと、

「えっ？　生きてますよ」と。

その次に、不意にこう言うんだよ。

「あのおじいさん、またやったな」

その人、死ぬ心配ばかりしているので、消防署へかけたり警察署にかけたりしていて、ついに大学にもかけたというわけなんだけど、そういうのは初めてのケースでしたね。その人、間もなく亡くなったみたいだけど。

名越　他の大学では、引き取りはどなたがするんですか。

養老　技監でしょうね。要するに当時は人手不足だったんですよ、総定員法というものので人員を厳しく締めつけられていたから。あの頃はまだ大学が国立だったでしょ。だから、その機関で退職者が十人にならないと次の補充ができないわけ。大学や病院で働いている人は、看護師さんとか含めて何千人もいるから。解剖なんかにはなかなかその順番が回ってこないんですよ。だからずっと人の補充ができない。

最終的に、遺体の引き取りを外部の会社に外注するようになったんだけど、それまではとにかく大学の車を技監が運転して僕がついていくという形がずっと続いていた。

一番困ったのは、クリスマス頃だったかな、埼玉県から遺体を引き取って大学に戻って、いざ棺を出そうとしたら、車の後ろのドアが開かないんだよ。ドアの鍵が壊れていたんだと思うけど、自分で何とかしようと思って開けようとするんだけど、これがびくともしない。しょうがないから、バンのドアの後ろのネジをひとつずつ外していった。内側のねじを、お棺の上に腹ばいになって、全部外したんですけど、なんとか取れた。無事にお棺は出せて、あのときは本当にホッとしましたね。

もう一つ思い出したけど、元日に、埼玉の戸田市の病院で、身寄りのないお年寄りが亡くなった。その病院は小さかったので、ちゃんとした霊安室がないんだね。四階建てで、屋上にプレハブの霊安室があった。

そのときは東京寝台自動車という会社に搬送を頼んであって、運転手さんと一緒に一階まで降ろすことになったんです。まず四階に降ろして、エレベーターにのっけて、一階に着いてお棺を担いで出ようとしたら、向こうから看護師長さんが大きい体を揺らして走ってきて、「ダメ！　ダメです」って。

「元日に死んだ人を病院の正面から出したくない」

というわけ。

どうしたらいいのかを聞くと、

「裏に非常階段がありますから」

と指を差すんです。

で、また四階に戻って、今度は階段で降りなきゃいけなかった。階段ですからね、大変でしたよ。

とにもかくにも大学に連れて帰って、一人で遺体を処置するんですよ。ホルマリンの注入をやる。遺体を納められる冷蔵庫があるから、冷蔵庫に入れて、やれやれと思って帰ったんです。

ところが正月休みが明けて大学に行ったら、こう言われた。

「あれは東京医大にとられた」

ええ？　って思って、理由を聞いたら、要するに東京大学と東京医大とを違えたらしいんだ。病院が連絡先を間違えたらしい。くたびれもうけでしたよ。僕は遺体を引き取りに行った日はたまたま熱があったんです。仕事を終えて帰ったら三九度ぐらいあったから。そこまでしてお棺を取りに行って、ホルマリン注入までしたのに。

名越　なんと！　先生、体が丈夫なんですね。

養老　よく元気でいるよ。元々元気なんだね。

たいへんだと思ったらできませんよ

――なかにはすごく大柄なご遺体もありますよね。

養老 一〇〇キロある人もいたけど、二人で運んでもたいへんだった。

名越 大変だろうな、一〇〇キロの人を。

――聞いていると、養老さんが楽しそうに話されるので、おもしろいエピソードかなと思いますけど、ご本人としてはけっこう大変だったんじゃないですか？

養老 たいへんだと思ったらできませんよ。

――それをなんでおもしろいと思えるんですか。

養老　なんでかはよくわからないけど、おもしろいでしょ。鍵のネジを開けたり、お棺を階段で運んでいるときはさすがに大変だけど、おもしろいと思ってればね。でも、みんなそれで逃げちゃうんですよ。

いずれにしても、僕たちは献体がないと仕事にならない。解剖ができないわけだから。ご遺体が絶対的に必要なんですよ。

――そもそも解剖というのは、慣れるものなんですか？

名越　僕らも学生の頃、解剖をやらせてもらったけど、十人ぐらいみたら全然平気になったな。

養老　僕ら、直接手で遺体をいじるでしょ。嫌なのは、手と顔なんですよ。みんな気がつかないけど、生きている人と話しているときは、相手の表情を読んでるんですよ。ところが、死んだ人の表情って読めないいんだよ。当たり前だけど動かないからね。見たことのない表情なんで、それで錯乱するわけ。

手も一応表情を持っているでしょ。手の解剖でいやなのは、相手の手を握らなきゃいけないこと。手を握るっていう行為は特別な意味をもっているからね。

中年の頃に、それに気がついて、飲み屋のカウンターで隣りあった見ず知らずのお客さんの手を不意に握ると絶対逃げるんだ、ものすごい勢いで（笑）。

名越
本当そうですよ。僕もこの間、長崎のハウステンボスのイベントを見に行ったとき、体調が悪かったこともあって、座ったまま寝てしまったんですね。で、何かの拍子に夢を見て、どういうわけか隣の女性の手を無意識に触っちゃった。途端に、

「ぎゃっ！」

平謝りですよ。

「すいません、すいません、失礼しました！」

でも下手したら訴えられますよ。あれは本当に冷や汗が出ました。だからすごくよくわかるんですよ、お互いに手を触れるというのがどういう意味か。ものすごくパーソナルなことですからね。それを先生の場合はご遺体の手を触るわけで。

養老　手だけを机の上に置いておくとみんな逃げるね。

名越　よくそんな実験しましたね！

養老　たまにヤクザみたいな人が因縁つけてくるわけ、死体の扱いのことで。そういうときは面倒くせえから、標本の手を置いておく。するとみんな帰るから。

――ヤクザでも？

養老　ああいう人ほどそういうのに弱い。東大の建物にインターンが、泥棒目的で夜間忍び込んでくという話があったんだよ。現金を取られたという被害もよくあったんだけど、僕の部屋の前で大体止まってるわけ。解剖学教室でカネ目の物を物色するうちに、いろんなものが出てくるんだよね。見たくないものが。うっかりバケツのフタを開けたらさ、首が入ってたりするから。ましてや夜だし（笑）。

名越　それは怖い。

――名越先生も医学生のときに解剖をおこなって、気持ち悪いって感じはなかったですか？

名越　僕は初めからなかったんですよ。もちろん生々しいですよ、顔は。確かに先生が言われるように表情がない。手を見てると、生きているじゃないかと生々しさはあったけど、慣れました。難しかったのは、耳の奥の解剖。先生に「全然骨が出ないんですよ」というと、「もう既にその奥に行ってるよ」って怒られたりして。どれぐらい繊細に掘っていったらいいかわかんないですよね。「どうしましょう」って相談したら、先生が「ちゃんと出した骨を見なさい」って。

耳の伝導を助ける骨って、すごいなとか思って。

養老　蝸牛《かぎゅう》と三半規管が入っている部分が、骨なんですよ。骨迷路《こつめいろ》というぐらいで、なにしろ迷路だからややこしい。ノミで削っていくんだけど、下手にやると割れてしまう。

名越　それ、学生レベルで全部だすのってすごいことなんです。とにかく解剖実習って、体力的に大変なんです。一週間に一回、必ずテストがあるしね。班分けして実習するんだけれど、同じグループにものすごく勉強する優秀な人がいて、ふっと気づいたら、ご遺体の頭と頭がゴッツンコして寝ているんです。疲れ過ぎて、解剖しながら寝てしまっていたんですよ。同じ班の学生と、「これ、起こした方がいいのとちがうか」とか「いや、今起こしたらトラウマになるよ」とか言って、結局、「そのうち起きるからそっとしといてあげよう」みたいなことになって、そしたら、いきなりパッと起きて。

「なんで起こしてくれないの！」

ってひどく怒られた。

あとは、僕は手袋しない派だったから、爪にご遺体の組織が詰まってくるんですよ。そのままで学食に行ってカレーとか食べていると、「お前、よくホルマリンの匂いのついた指で食べられるな」と。洗っても洗ってもなかなか匂いが取れないからね。でも僕は結構平気だったんですよね。

養老 解剖を始めて一週間はダメですよ。いわゆる鼻につくってよくわかる。何をかいでも同じ匂いがする。でも一週間で慣れますね。

名越 だんだん平気になります。

――解剖が駄目で医学部をやめちゃう医学生はいませんか？

名越 僕の学校にはいなかったような気がするな。

養老 さっき顔の表情が分からないって話したけど、それで思い出したのがお能の面ね。デパートに行ったら、面を売っていた。見ると、面を照らすライトがずっと回っていましたね。光が当たる角度がちょっと変わると、表情が出ますからね。やっぱわかってんだと思って。

――そのままだと、不気味なんですね。

名越　医師だった祖父が、応接間に面を飾っていたんです。結構いいものだったと思いますけど、絶対に一人では応接間に入れなかったですね。幼稚園とか小学校のときはビビッドじゃないですか。面が恐ろしくてね、それは今でも覚えてますね。

僕は親を両方とも見送っているんですけど、自分の親なのにデスマスクは怖かったですね。表情が読めないって、本当にその通りで。この間、母親を送りましたけど、ちょっとドキッとしましたね。

最初からニーズを狙うとほんまにダメ

――名越さんは、精神科に進むわけですが、仕事を楽しくするためにしたことはありますか？

名越　僕はどちらかというと寂しがり屋なのですが、なぜか逆に医者の人口密度が低いところを狙ってばかりいるというか、運命として人口密度が低い方に低い方に行きましたね。そもそも精神科医に行くと言ったときの周りの反応が、「変わり者のお前らしいな」と。

まあ、実際精神科に行くと、人口密度は低かったですね。

その後、さらに僕は宗教心理学の分野に行きました。

当時、精神科の世界は、薬物療法が隆盛のときですから。そんな中で、自分はカウンセラーになりたくて精神科医になったという時点で、落ちこぼれであると。しかもカウンセラーになった上に密教とか仏教とかを研究し始めた。ここはもう人口密度ゼロです。仏教を研究している精神科医というのはほぼゼロだと思いますね。よく知られている和田秀樹《わだひでき》さんも斎藤環《さいとうたまき》さんなどの正に博覧強記な方々でも、あまりやっておられないかも知れないですね。

さっきも言ったように寂しがり屋だから、別にそこを狙ったわけではないんですけど、結局、競争がない社会にずっといますね。ただ、この分野をやっているからといって、売れる本が作れるかどうかなんて分かりません。最初からニーズを狙うとほんまにダメなんで、おもしろいと思えばいいんじゃないですか。

養老 自分が本当におもしろいと思えば、必ずおもしろいと思ってくれる人はいますよ。

名越 そうかもしれない。そういう人がいると知って近寄ってくる人はいますよ。

ところで仏教は、どういう経緯で研究するようになったのかといえば、ときどきこういう相談を持ちかける患者さんがいたんです。

「先生、私はどうやって生きていけばいいんでしょう」

僕はそういう質問を他の精神科医よりもやや多く受けているか方もしれないですね。もちろん他の精神科医も受けていると思うんですけどね。まだ仏教を勉強する前なんかは、そんなことを聞かれても、どう答えていいものか、はっきり言ってわからないわけです。

「それは僕も分かりません」とか言えればいいんだけど、僕はそういう風には何でか言えなかった。何とかして答えてあげないとダメやなと思ったわけですよ。

『嫌われる勇気』（ダイヤモンド社）で広く知られるようになったアドラー心理学ですけれど、その中に「共同体感覚」という考え方があって、それが役立つかもしれないと思ったんだけど、ちょっと抽象的で説明が難しい。

どうしたら自分の言葉で説明できるようになるかを考えたときに、仏教に出会ったんです。お経を研究してみようと。

アドラー関連でいえば、オープンカウンセリングをやり始めたのも、仕事をおもしろくしたことの一つかもしれないですね。自分の仕事をすごーく冷めた目で見たら、人の悩みを聞くのが仕事っておかしいでしょ。人の悩みを知るって、自分の仕事はだいぶ変態だなと。そんな仕事をどう楽しむかを考えたんです。どうすれば楽しく人の話を聞けるか。どうやったら興味を持って聞けるかって。

アドラーのオープンカウンセリングというのは、一対一で行われる一般的なカウンセリングとは違って、カウンセラーとクライアントつまり患者さんがやっているカウンセリングのやりとりを参加者は聞くことができるんです。参加者は、クライアントの話を自分の身に置き換えて聞くうちに、治療につながるし、クライアントも参加者から勇気づけられることがある。人の話を一心に聞いていることがいい雰囲気になってゆくんです。

アドラーはカウンセリングの名手やから、周りに不平不満のある奥さんたちや悩みを抱えている人たちが自然に集まって来るわけ。もうその場で（参加者の）カウンセリングが始まる。大道芸みたいなものですね。このやり方がいいなと思って、僕は大学でも一部それを採用するんです。今はもうカウンセリングのほとんどは大学の講義の一環でやっていますね。語弊があるかもしれないけど楽なんですよ。オーディエンスが勝手に盛り上げてくれるから。

――ちなみに、今話題にでた『嫌われる勇気』、養老さんはお読みになりましたか？

養老　読んでない。

名越　なるほどそれは大事なことやな。

――人間関係のしんどさをなくすには、嫌われる勇気が必要ですよっていう話。養老さんは嫌われる勇気、持っているんじゃないですか？

養老 知らねえよ。

名越 嫌われるのに勇気が必要かっていう根本的な問題はあるけど。

——一般的には、嫌われたくないっていう心理が前提としてあるんじゃないですか？

養老 相手によるよ。僕は精神科の患者さんに好かれるタイプだから、嫌われる勇気が必要だ。昔からそうなんだよ。つい、話を聞いてしまうから。

名越 養老先生がなんで好かれるかなんとなくわかりますよ。邪心がないもん。人のことを治そうとかあんまり思わないような感じがするから。

養老 そうかもしれないね。治そうって思わない。

第二章
「成功」ってなんですか

成功すればするほど苦しくなる

――お二人とも消去法で進路を決めてこられたわけですが、「成功」についてどんなイメージを持っていますか？

養老 直感的に嫌いだったね。よく夢とは何ですかと聞いているけど、夢も希望もありません。成功についてはマイナスのイメージしかないです。プレッシャーになりそうな。

名越 成功すればするほど苦しくなるんじゃないかかな。

養老 成功って初めから「物差し」が決まっている。その物差しで計測できるから成功というようにね。

名越　計測できるから成功と。

養老　物差しのないものの方がおもしろいと思うけどね。

名越　先生は、自分は解剖学に進むと言ったら、同期から「杉田玄白《すぎたげんぱく》になるのか」と言われたんですよね。

養老　そう言われた。

名越　解剖なんて、杉田玄白が百何十年前に結論を出しているだろう。いまさらなんで解剖やるのかとね。そのとき養老先生が動揺しないのがすごい。ふつうは動揺しますもん。

養老　学生が就職するとき、だいたいそのとき景気のいい企業に入るでしょ。その傾向は僕が学生だった当時から変わっていない。あれから何年もたっているけど、みんなが入りたがっていた人気企業の中には潰れていたり、業界自体が斜陽で、傾き始めている会社もあったりするからね。

名越　その時点では正しくても、時間が経過すると、まったく違う状態になっていると。

養老 そうです。

名越 そういう考え方になったのって、戦争の経験も大きいんじゃないですか。

養老 そうです。戦争に行ったわけではないけど、戦中から戦後にかけての社会の変化によって困り果てた人が相当な数自殺していますよ。

名越 そうなんだ。そういうことはマスコミでもほとんど取り上げられないですね。戦争で死んだ人の話は知っているけれども。戦後、価値観が激変してそこで人が自殺する。

養老 自殺の関連書を読むと、ソ連では社会の価値観が変わったことで、適応できない人がでてきたっていうんですよ。

名越 以前読んだ本に書いてあったことですが、いまも東欧の人たちの中には、ソ連が支配していた時代の方が良かったという人がけっこういるらしいですね。ソ連支配の時代は、言論の自由もないし、厳しい面はあったけど、貧しい中で、お互いが助け合ったりしていいところもあった。

養老 かなりの人はその方が楽だからね。日本でも会社員はそうでしょ、言われる通りしている方が楽だったりするんだよ。

名越　昔の景気のいい時代、サラリーマンの人たちは、「あなたは何のために仕事をしていますか?」なんてことを聞かれなかったと思うんですよね。僕は大ファンなんですが、植木等さんが「無責任」シリーズの映画に出て、お気楽な歌を口ずさんで、サラリーマン人生を謳歌しているという強烈な絵力というか、そういった大きなフィクションの渦に巻き込まれていた一九六〇年代とかは。ところが低成長の時代に入って、それでは済まなくなった。いまの会社組織だったら、たとえば五十代ぐらいの人は、お前は何を目的に仕事をしているのだ?とか考えなくてもいいからサラリーマンになったわけでしょう。なかには、指示されたことをきっちりやっていれば、給料がもらえるからサラリーマンになった人もいるでしょう。なのに、いまさらお前は何がしたいんだって聞かれてもね。

養老　僕はちゃんと正規公務員として働いてきたよ(笑)。

名越　僕が医学部にいる頃、女子学生の方がよく勉強できるから、こういう人たちがたくさん医者になったら、男は楽できるなとか不謹慎なことを思ったもんです。でも、サラリーマンはそういうふうに考えると何だかかわいそうです。言われたことをやる方が向いてる人も当然いるのですからね。

僕は運転が下手なのにドライブ好きだから、友だちの車に乗せてもらってあっちこっちに行くんです。で、工場とか採石場が見えてきたりしたら、しばしそこでクルマを止めて、「ここの工場にずっと勤めて、そこで稼いだ給料で近くのおでん屋さんに行って、女将さんなんかにいじられながら一生を終えていく……。結婚もせずに、自分のテリトリーから出ることも無く一生を終えていく男でいたかった」とか発作的に独り言を口にするんですけどね。もちろん、工場とかにいても頭を使う。ものごとを改良したり、作業効率を上げるためにいろいろなことを考えたりしなければならない。人間関係で悩むこともあるでしょう。でもホンネでは、そういう枠の中に入りたかったような気がするんです。「ないものねだりや」と、周りからはバカにされるんですけれど、もしかしたら戦後の日本の地に足がついていない、環境や自然や伝統を無視して進んできた、言葉はよくないですが浮草のような日本人の本質を、自分も具現しているのかも知れないなんて、勝手に思ったりします。

人の評価はあんまり意味がないから

――養老さんは、たとえば大学の同期生が論文で評価されたり、先に評価されたりしていてもあまり気にはならなかった方ですか？

養老 全然気にならないね。人の評価はあんまり意味がないから。頼まれて、いくつかの賞の選考委員をやっているけど、本当はあんなのはイヤなんだ。評価というものがあまり意味がないというのは学生を評価しているとよくわかりますよ。学生を評価する場合、何を軸にしているかといえば、「何とかやっていける程度の常識が身についているか」。それを根本から揺さぶられたのはオウム真理教の事件だよね。

名越　どんなことがあったんですか？

養老　実は、僕のところに、「尊師がこれから、一時間水の底にいるというのを公開実験する。ついては立会人になっていただきたい」と頼みに来た奴がいた。そう頼みに来た彼は水の底に人間が一時間、息を止めていられると思っているんだね。

名越　底が抜けちゃってるんですよ。それは医学部の学生としては厳しいな。ショックですよね、それは。

養老　ショックでしたよ。そんな学生がいるんだから。

名越　僕はなんのために教えてきたんだと思いますよ。

養老　変な学生はしょっちゅう見てはいたけど、それとは明らかに違う。

名越　いや～、それは広く人間の知性というものの限界を感じるなぁ。

養老　さっき言った「何とかやっていける程度の常識が身についているか」という評価軸に照らせば、水の底に一時間平気でいられると思っている奴を医者にできるかと。

名越　それはよくわかりますよ。教育を受けるという意味には、知識を増やすだけではなくて、何かある共通の基盤、地平ができてくるというのがある。先生に立会人を依頼しに来た学生とは、医学教育を受けている者同士で意思疎通が成り立たないだろうという、ある恐怖心を覚えます。

養老　患者さんの命を預けるんだから、水の底でも人によっては一時間平気だよと思われてしまったのではね。

名越　危なっかしすぎる。

競争があるところには必ず評価がつきまとう

――養老さんはさきほど選考委員のお話をされていましたが、いまどんな賞を担当されていますか？

養老 小林秀雄賞、山本七平賞、菊池寛賞、もうそろそろ定年だよ。

――どんな基準で選考されているんでしょうか？

養老 政治的判断ですよ。皆さんがここなら落ち着くなってところを探します。

――その場の空気？

養老　そう、空気です。メンバーによっても違いますよ。

名越　空気、わかります。それぞれの体面のある方々ばっかりやからな。

養老　いまは何でも評価したがるでしょ。それは機能社会になっているからですよ。機能っていうのは評価なんです。評価が必要になる。評価できる物差しがあるんですよ。だいたいアングロサクソンは機能的だね。

――大学で養老さんが評価の対象になったとき、思うことはありましたか？

養老　大学の人事というのは人物評価なんですよね。日本の組織というのはフリクションを起こさないことが大事。なぜかというと、人口密度と関係があるかもしれない。人が住める面積に対する人口密度というのがあるんだけども、それを測ると日本は世界一位なんですよね。山が多いということも影響していると思うんだけど。で、日本国内の都道府県別に人口密度をみていくと、鳥取県とか島根県が世界の平均値らしいんだね。日本人はぎゅうぎゅう詰めの社会に住んでいるから、できるだけ波風を立てないことが大事なんです。

――だから出る杭は打たれると？

養老　そうそう。日本では昔から銭湯がある。銭湯で個性を発揮されたのでは困るんだよね。やっぱり面倒くさいですよね、個性を出してはいけないという社会にいて、個性を出す人物を見るっていうのは。僕なんかはそういう時代はきつかったですね、とくに評価というのは教授の選考ですからね。

だから自分はぎゅうぎゅう詰めの社会からは離れて、人口密度が低いところに行こうとしている。競争があるところというのは必ず評価がつきまとうでしょ。

そういう環境の中で大事なのは、自分の好きなことをもっていること。自分ならば虫ですよね。イヤなことがあったら、虫を捕りに行く。それに没頭するから考えなくてもいいからね。好きなことだったら、いくらでも時間が潰せる。大事なのは自分は何が好きなのかっていうことをちゃんとわかっていること。人に聞いたってわかんないでしょう。

もう一つ幸いしたのは、解剖は評価の対象にならないってこと。解剖は機能ではないから。構造なんですよ。構造に評価はないんですよ。でも体の各部位は評価の対象になる。たとえば消化は消化効率という物差しがある。呼吸器も酸素飽和度といって、体に酸素をどれぐらい取り込めているかという数値がある。ところが解剖はそうした物差しがない。解剖して出てくる部位は評価の対象になっているけれども、「解剖」という行為自体は評価の対象にはならない。解剖は体の物差しを見ている感じだから。

こうしたら成功するってわかって、ほんとにおもしろいかな

――最近は若い人の口から「承認欲求」という言葉がよく聞かれて、人から認めてもらいたいと考える人が多いです。

養老 ダメだよ、人に評価を預けてしまったら。自分の承認もそうだけど、基本的に、他人に価値を置くと苦しむと思う。

名越 「生殺与奪の権を他人に譲るな」っていうこと。「他人の評価に振り回されない」。それ名言だと思います。

養老 僕なんかは、小さい頃から不承認欲求だったようなところがあってね。承認欲求の逆だね。だいたい自分の同級生やなんかは、みんな軍人さんに憧れたりと

かするでしょ。大人が、「大きくなったら何になる?」とか聞く。しようがないから「兵隊さんはいや」とか言っていた。大人が、「兵隊」と答えるのを期待して聞いているのはわかっていたから。

名越 それ珍しいですよね。

養老 戦争中なんかは、大人の女の人でももんぺ姿で、髪はひっつめで、口紅もつけずにいるわけでしょ。

——当時はパーマを当てたり、おしゃれをしただけで周囲から自粛を求められたそうですね。

養老 横須賀線の鎌倉駅に行くと、そんな女性の横を、海軍の偉いさんが乗り降りしたりしてるわけね。軍服をちらっとみると、ご立派な勲章をつけて、堂々と歩いているおじさんだったりする。それを見て、僕は「あの人はよく恥ずかしくねぇな」と思った。その姿が恥ずかしいことに、このおじさんは全然気づいていないんだなと思って。

――普通の子どもに見えない部分を洞察してしまう、ちょっと変わった視点を持った子どもだったんですね。

養老　「素直」って言ってほしいな（笑）。

――イーロン・マスクとかウォーレン・バフェットといった起業家や資産家になりたいと思う人が、世の中にいます。成功法則を知りたいとビジネス書を読みあさって、自分もそうなりたいと思っているわけですが、どう思いますか？

名越　そうなれなくても、何か得するんじゃないかと考えているのかなあ。イーロン・マスクになりたいと思ってる人にはどうします？

養老　余計なことを思うなと。あんたはあんただろうと。世界は何が起こるかわかんないっていうふうになっているんですよ。将来のことなんか誰にも見えない。見えなくていいんですよ。見えたらおもしろくもなんともないんだから。こうしたら成功するってわかって、たとえそのとおりやって成功したとして、ほんとうにおもしろいかな？　何もおもしろくないよ、と自分なら思う。虫取りだって、あそこの木にのぼったらあなたの好きな虫が取れますよと聞いたって、俺は行かないな。

世の中のシステムが大きくなりすぎて、壊せなくなっている

――さきほど、「成功」について話を伺ったとき、「物差しのないものの方がおもしろい」とおっしゃっていましたが、いまの時代、サラリーマンの社会では、自分は営業活動でこれだけいいクライアントを摑まえていて、これだけの契約を取ったとかの成功話はしやすいんだけど、失敗の話がしにくい雰囲気があるといいます。その延長線上に、大企業でときどき問題になる失敗の隠蔽があったりするのかなと想像したりするんですが、どうお考えになりますか？

養老 医療はそうですよ。もう三十年ぐらい前かな、先輩の外科の教授に、「後世の人の参考になるから、失敗の体験だけ書いてください」とお願いしたことがあっ

た。すると、「書けるわけねえだろう」とすごく怒られたことがある。失敗できないんだよ、医療上の失敗はね。やった本人が悪いと言うしかない。

名越 だからそれは必然だったというふうに。

養老 それと、日本社会では難しいとか言うと損をするんだよ。くだらないこと決めてきたでしょ。たとえば大学のシラバス。今学期に何回講義があって、何回めにどういう話をするかを事前に知らせろという。〃講義は商品だ〃というわけなんだけど、ほんとうに商品と同じように、学生に対して前もって宣伝する。学生は講義という商品を買うと思っている。だけど、そんなことを僕なんかやったことないし、大体自分がそういう教育を受けてないし、自分自身は講義しながら次のことを考えた方だから。

名越 自分の講義を振り返っても、今日はこれで終わりますみたいなときもあるし、延々とただ黒板に書いていって、「以上」とか言うときもあったし。それが普通ですよ。

養老 大学の中で異を唱えると、なにかネガティブな評価を直接受けるっていうことではないんです。ただ、俺はシラバスなんか書かねえよと言ったときに、一番困った顔をしていたのは事務なんです。そうなると、なんで僕が事務の人をいじめなければならないのかと思うわけですよ。要するにそういう力関係ってありますよ。そういう人に迷惑かかるなと思うから、自分が譲って書こうかと。あるいは「書かない」という姿勢を貫きとおして、こっちが辞めちゃうか。そういうルールを作るのは僕はできるだけやめた方がいいっていう意見なんだ。

名越 今は何でもルールじゃないですか。どっかで転換点がありますかね。

養老 本気でルールが役に立つと思ってるのかな。

名越 いやぁ、思っていないんじゃないですか。

養老 システムを作ってしまったから。

名越 批判されたくないから。

養老 都内に行くと、たくさんの高層ビルが目に入るでしょ。こんなもん作りやがってと思ってね。一人で壊せと言われてもできない。世の中のシステムっていうのはそれに近いんですよ。どれもみんなものすごく大きなシステムになっていいて、それをグローバルとか呼んでいる。若い人が暗くなるのはわかりますよ。どういう分野に進んでいくにしても、既存のシステムがあって、それにはめ込まれちゃう。

名越 本当や。

養老 僕は医学部だから生物系だったでしょ。多少勉強すると、これから先、生物学が先々がどっちの方向に動いていくかって、多少はわかるんですよね。そんなの行きたくねえよと思うわけ。研究費の出方、人事的な昇進の仕方など、システムができていっちゃう。そういうシステムに関わりたくなければ、その世界から外れるしかない。自由がないわけだから。文科省は「研究は自由ですから」とか言うけどね。

アメリカは日本と違って豊かな国ですよ。戦後アメリカの科学を推進したのはヨーロッパからきた一世たち。ヨーロッパにいたんじゃ、金がないから研究ができない。でもアメリカだったらできる。だからアメリカに渡ってきた。その一世たちがアメリカの科学の進歩を支えてきた。しかも、アメリカ社会は機能的にできているから、Googleなんて大学院生二人が立ち上げたでしょ。でも日本にはそういうことができる土壌がないですよ。

それに日本の大学は、若いのがなんかやろうとしたら偉い先生が潰す。それは悪い意味で言っているんじゃなくてね、その潰す方にまわった教授だって、別のシステムを作って生きてきているんだから、それを勝手に壊すような真似をする学生は潰そうとするわけですよ。

名越　何とか自分も苦労してシステムを維持してきた、といういわば怨みがある。そういうのをルサンチマンと呼んで良いのかわかりませんが。

養老　そうですね。実際古いシステムは人によって維持されている面が非常に大きいから。ところが、近代科学というのはむしろ機械が前提になっている。いまならばＡＩが典型でしょ。コンピュータがなかったらどうしようもない。コンピュータが前提になっているから。具体的にいえば、実験室が前提になっている。ノーベル賞（生理学・医学賞受賞）の山中伸弥《やまなかしんや》さんなんかはいい例ですよ。ファーブルなんて、実験室的なものは何も持っていないんだから。虫を触っているのは自分だけだから。

名越 日がな一日フンコロガシを見てるんですよね。『ファーブル昆虫記』の最初にでてくるけれども。そうすると、人間の身体が自然なのであれば、ファーブルのようなやり方の方が自分が思ったとおりに自分の能力、つまり潜在的にある能力が生かせるんじゃないか。自分の能力が高まる面白さですよね。

養老 だから生きていてもおもしろくない。何が言いたいかっていうと、例えば、研究の自由といっても、システム化されてくると、その手の研究をしようと思ってもシステムに巻き込まれてしまうわけです。

名越 お金、つまり研究費がおりてこない。

養老 僕が病院に行きたくないというのも、医療システムに巻き込まれるから。好むと好まざるとにかかわらず。基本的に自由がないでしょう。患者として病院行っても、やられることは決まっている。まず採血されて、検査の結果を聞かされる。異常はありませんと。医者が、「うらやましいくらいだ」って。自分のデータが悪いから、（僕のデータが）うらやましいというわけだ。

名越 ははは。

養老 しょうがないから、「じゃ先生、僕はなんで死んだらいいんですかね?」と。

名越 ずいぶん嫌な感じだよね(笑)。

養老 僕が長い間私淑していた和尚さんが九十六歳で遷化《せんげ》されたんですけど、最後まで血液検査は完全に正常だったらしいんですよ。何一つ異常値がなかった。ただ、最期は熱が出て次第に食べられなくなって、自然に亡くなったんですけど。それも異常だね。検査の基準値は正規分布で決めてますから、五パーセントの確率で過誤がでてくる。独立の検査を二十項目もやれば、絶対に異常値が出なきゃおかしいの。異常値がでないというのも気をつけなければいけない。全体から見たら、一個ぐらいおかしいはずなんだよ。

自分のやり方ができないとストレスがたまる

名越　自分のやり方ができない組織ってストレスがたまります。こうやってもらわないと困ると言われたり。

僕、病院の勤務医をしていたとき、こんなことがあったんです。医者になってまだ二年目ぐらいのときで、その日は当直をしていたんですが、夜中に電話がかかってきたんです。患者さんの家族からだったんですが、長い電話でね。二十分ぐらい話したと思います。終わって電話切ったときに、目の前の看護師さんがこう言うんです。

「私、この病院に二十五年ほど勤めてるけど、先生のようにちゃんと家族とコミュニケーション取れる精神科医を初めてみた」

えっ？　と思ってショックを受けたんですね。精神科医ってコミュニケーションをとる人じゃないの、と。

もう一つ思ったのは、もしそのときに、へんに茶化されたり、やり方を理不尽に批判されたりしたら、その病院にいたくなかったと思いますよ。だからね、やっぱシステムなんじゃないんですか。自分を否定されてしまうところにはいたくない。自分なりに仕事って工夫したらちょっとは楽しめたり、リズムがつかめたりするものじゃないですか。でもそれが、いや、こうやってもらわないと困るって言われたらストレス感じません？　仕事があるからストレスがたまるじゃなくて、自分のやり方ができないっていうことなんじゃないのかな。絶えずチェックされていたり。そういう状況ならば、組織から早く抜けた方がいいですよ。

ミュージシャンのビリー・ジョエル、彼がこの間、一夜限りで来日（二〇二四年一月二十四日、東京ドーム公演）していたんです。僕は音楽が好きやから、彼に関するいろんな情報を読んでいたんだけど、おもしろい。ビリー・ジョエルはかつてバンドを組んでいたんだけど、でもバンドという気質ではなかったみたいで、バンドのメンバーと揉めてるんです。

で、やっと自分で音楽が作れる状況になったときにレーベルと契約するわけですよ。喜んでいたら、「この一年の間にアルバムを二枚作らないといけない」と言われる。実際にアルバムは作るんだけど、一枚目は全然気に入らないアルバムになってしまって、うつ病に悩まされるんですね。ビリー・ジョエルのように、ポップミュージックの世界で歴史に残るようなビッグネームであっても、システムには苦労した。ずっとシステムには苦しめられていたんですね。

養老 そういう世界を作っちゃうと若い人が死ぬんだよ。僕なんかそんなところ入りたくないもん。何かやろうと思っても、そういうシステムに組み込まれてしまうから。

名越 売れないミュージシャンで、お金がないから、知り合いのミュージシャンのメンバーを集めて五日間で録音しなければいけない。その状況でしかスタジオを借りれないんだから、しかたない。でも一流ミュージシャンになって何十万ドルというすごい予算を使って制作をするんであれば、何月までに十曲を作れとかってことになるんでしょう。でも、いつ曲が降りてくるかわからへんのだから、たまりませんよね。結局はお金と時間なんですよね。お金がかかると時間が制約されるんです。

ビリー・ジョエルの大ヒット作『ストレンジャー』(一九七七年発売)というアルバムは、その当時でも珍しい九曲しか収録されていない。当時のLPレコードであれば、だいたい十曲入っているのが平均的なんだけど。だいぶ戦ったんじゃないかなと勝手に推測してしまうんです。でも結果は大ヒットしたんですけど。そんなところで戦わなければいけないのって、むなしいですよ。

養老 お金が一番タチが悪いのは、一銭一円の計算をできるってことですよ。人生はそんなにきっちりと割り算ができないんだから。あんた何時間何分何秒生きますか? と聞かれても誰も答えられない。わかるわけねえよ。でも世の中というのは、そういうふうに作られているんですよ。わかることにしてね。

四十五歳までに、半分は好きな仕事にした方がいい

名越　やっぱり、はみ出てしまっていた方がいいですよね、システムからは。どこかでは普通は生きていかなければいけないんだろうけど。

養老　会社ではなくて、フリーランスで生きている人たちも、なかなかシステムと無関係には生きるのは難しい。それが世間だと言っているんだけど。なかなか鴨《かもの》長明《ちょうめい》にはなれないよ。

名越　そこはある程度はコントロールした方がいいような気がするんですけどね。僕は四十二歳ぐらいの頃、心身ともにボロボロになってしまって、整体協会の野《の》口裕之《ぐちひろゆき》先生にご相談したことがあるんです。結果的に野口先生の指導をうけて、僕は命拾いするんですが、そのときに言われたのは、「名越さん、四十五歳ま

でに、半分は好きな仕事にした方がいいね」ってこと。そうしないとしんどいよって。

その当時、僕は七割五分ぐらいまで好きな仕事してると思い込んでいたんですよ。でも野口先生からみるとそうではなかったということです。あと数年で半分ぐらいは好きな仕事にしなさいよと言われて、本当に意外でした。自分ではなかなか分からないものですよね。

で、あらためて自分の仕事を一つ一つチェックしていったら、なかに、「この仕事はイヤだけど、やることでキャリアを積めて、名前が知れたら、自分が本当にやりたかったあの仕事ができるかもしれない」というのがあって、無理矢理、「この仕事も好きだ」と思い込もうとしていたんでしょうね。

養老 最近、しょっちゅう中国のテレビドラマを見ちゃうんだよ。三十タイトルぐらいのドラマかな。どういう考え方をするのかなと思って見ているんだけど、たとえば、世間で生きるのは彼らにとっては自由なんだよね。「江湖《こうこ》」――これは世間のことなんだけど、それに対抗するのが官僚制度。皇帝を中心とする典型的な中国システムですよ。その官僚制度の中に仕官するっていうのは、中国では自由を失うことを意味する。いわばシステムに入ることだから。おもしろいのは江湖にたくさんの武装集団ができてくるわけ。江湖同士の戦いもあったりするんだけど、日本だと何にあたるんだろう?

名越　自警団みたいなもんですかね?

養老　みんな修行して、それぞれの流派みたいなものがあるんですよ。戦ったり喧嘩したり、それを見ていると、中国人の団結の強さがわかるんだけど、いろんなことが日本と違うなとわかる。だけどシステムに取り込まれたら最後、っていうのはよくわかっているよね。

名越　集団化はするけど、システムには取り込まれないという。そこはおもしろいとこですよね。

養老　中国人は国を信用しないっていうふうによく言われるのはなぜかと思ったけど、テレビドラマを見る限り、国と世間は別だと思っているようだね。

名越　江湖って、自分たちとはまったく種族が違う印象を受けますね。それはおもしろいな。ちょっとコアな漫画だけど『北斗の拳』の二〇世紀版で、上海かどこかのマフィアの中に、北斗の伝承者がいて戦うんだけど、中国人が相手を信用するかしないかは朋友《ポンヨウ》か朋友でないか、ということ。朋友のためには命を捨てる。それと対立しているのが、いわゆる華僑に繋がる官僚システムなんですね。日本はそこまでパキッとは線が引かれていないですよね。

話していてわかってきたけど、『龍が如く』という有名なゲームがあるんです。それを僕はずっとゲーム配信でやってるんですけど、それは横浜のある小さい地域の利権争いの話なんです。そこで描かれているのは、ハンピンリュウマン（横浜流氓《ハンピンリュウマン》）といういわゆる中国系マフィア。彼らは日本のヤクザとも結託していてそのヤクザが日本の政治家とも結びついているんだけど、マフィアの方が自分たちの仲間意識や文化の雰囲気をがっちりガードしていて、政治家なんかとの交流はほとんどない感じに見えるんです。

日本人の僕からすると、ちょっとピンとこないんです。でも養老先生がさきほどおっしゃっていた中国の江湖と官僚組織の話を聞いていて、このゲームは、中国市場を狙っていたのかなとちょっと筋違いかも知れない深読みに走ってしまいました。

養老 システムにハマった人の顔とそうでない人の顔って違ってくるね。僕は一九九五年に大学を辞めたんだけど、次の年にブータンにたまたま行ったんですよ。そこで気づいたことがあって、それはみんな自分の顔をしているということ。へんな表現だけど、好き勝手な顔をしている。初めて行ったときそう思った。ガキがそのまま大人になったってような顔をしているんだよね。

お祭りで四百人ぐらい集まったときだったかな。なんか見たような顔がいるんだよね。「あれ誰ですか?」って聞いたら、天風《ティンプー》という首都から来た官吏だと言うんだね。そのとき気づいた。日本でよく見る官僚顔だなって。日本でもブータンでも、官僚組織に入ると、みんなシステム側の人間なっちゃっているんだ。絶対そうなると思う。

名越 僕ね、自分の顔の相で、いちばんブサイクやと思うのは、高校時代ですね。進学校で揉《も》みくちゃになってたから、自分の顔を忘れてしまったような表情をしてます。その頃の顔は、どう見ても四十代みたいな顔。疲れ切っているんです。あのときの顔、写真を見たらもう苦しくなるもん。良さがまったく出てない。

不機嫌にならないと損をすると思っている日本人

――都内に住んでいる人、働いている人の表情を見ていると、怖い顔しているなと思うことないですか?

名越 思いますよ。だから僕なんか、他人の顔をあんまり見ない。この二十年ぐらいかな、他人の顔が怖くなったね。昭和の頃は、かったるいなみたいな感じの人が多くて、その後はしんどそうだったり、面倒くさいなっていうふうな表情だったり振る舞いだったりしたんだけど、最近は不満げな感じ。なかには寄らば切るぞみたいな人もいる。

養老 それは感じますよ。人が集まりすぎているから機嫌悪いんでしょうね。お互いに気がついちゃうし。講演に行っても、なんでこんな機嫌悪いんだろうと思う人がいるよね。一時間喋《しゃべ》ってる間、機嫌の悪いじいさんは何を話しても機嫌悪いまんまなんだよ。そんな顔するぐらいなら寝ててくれないかなとか思うんだけど。

名越 講演に呼ばれて、四十代中心とか五十代中心の男性ばっかりの講演って、講演者を殺す気かと思うこともありますよね。でも先日、おもしろいことがあったんです。広島の銀行主催の講演会に行ったら、男の人ばっかりなんですよ。あ、きょうは独り言のような講演をせんといかんと下腹に力を入れて覚悟したんです。会場には二百人ぐらい座ってはったんですけど、なんかザワザワしている。よくみると男同士が、おばちゃん同士の会話みたいにワイワイで喋ってるんですよ。

これはやりやすいと思って、十分ぐらい喋って、こう言ったんです。

「皆さんは稀な集団です。僕はもう全国で講演させていただいてますけど、男が九割っていう会場はね、いわば〝生き地獄〟みたいなものなんですよ。壁に向かって喋っているみたい。壁打ちしてるみたいなもんなんです。ところが皆さんは男ばっかりなのに、こんなににこやかな表情で聞いてくださった。感謝です。こんな講演初めてです」

みんな笑ってましたよ。

日本人の男って、なんでこんなに不機嫌で、なんでこんなに表情が固まったんだろうと考えたとき、すごく病的なものを感じます。とにかく男性主体だととにかく不機嫌ですからね。

——どうしてなんでしょうね。

養老 みんなでやってるんだよ。

名越 ああ、揃ってやってる。赤信号をみんなで渡ってるんですよ。

養老 そうしないと損すると思っているんじゃない？

名越 でもそういうことでは、ブレイクスルーできないと思うんですけどね。ブレイクスルーしている人は、大病して、この先の人生は楽しく生きていこうと決心したというようなバックグラウンドを持っている。実際、会場で話を聞いたら、「若い頃に肝臓を傷めた」とかそれこそいっぺん死にかけたいう人がいるんですよ。そういう男性はやわらかな表情で講演を聞いて、ときどき笑ってくれたりする。やっぱり一回ブレイクスルーが起こらないと、みんなまとまって赤信号を渡ってしまうんじゃないのかな。

養老 駅で、具合悪くなったり、倒れたりしている場合があるでしょ。そういうとき、いちばん手助けしてくれないのは日本人だって。

名越 ああそういうこともありますね。僕は二、三ヶ月にいっぺんぐらい、そういうシーンに出くわしますけど、だいたいいつも僕が一番です、倒れている人に声をかけるのは。医者ということもあるかもしれないけど。「大丈夫ですか?」とか、「立てますか?」とか言ったり、荷物運んだり。僕がそうやる前に、誰かが同じようなことをやっているのはあるはずだけど、僕はほぼ見たことがない。この数年間では一度もない。いい人をアピールしてるんじゃなくて、事実のことだから。
「袖すり合うも多生の縁」という言葉があるけれど、たまたま駅で出会った具合悪い人に、「大丈夫ですか?」とかね。そんなに親しくない、袖すり合ったぐらいの人に、声をかけることができるかどうかというのは、結構大きな課題かもしれないね。

——満員電車の中で、ちょっとぶつかっただけなのに、すごい勢いで跳ね返してくることがあります。

名越 時々あるよね。だから自分でいるということにもうちょっと集中した方がいいってことですよね。

養老 それができないんですよ、環境的に。やっぱり日本の社会って、人がぎゅうぎゅうに詰まってるっていうのをもう一度、みんなが再認識した方がいいんじゃないですかね。人が減ってくるともう少し世界基準に近づくと思うけど。

名越　日本は長い間、三千万人ぐらいの人口でしたか？

養老　江戸時代が四千万人っていうんですから。日本もこのままいくと、二〇七〇年には約八千七百万人ぐらいまで落ちるらしい。そこまでいくとずいぶん余裕ができるじゃないですか。

名越　そこまでいけば「近づくな！」って言わなくても済むようになりますね。

養老　家なんか新築する必要ないはずなんだけど。必死になってローンを抱えて一生過ごすより、手頃な中古物件がいくらでもでてくるんじゃないか。

名越　ローン抱えたら一人前になったみたいな感覚が、以前はありました。安定した気がするんですよね。

養老　具合が悪ければ逃げればいいんだけど、日本では逃げ場がないんだね。これは昔からですよ、逃げられないのが前提でしょう。しょうがないから腹切るんだよ。

名越　そうか〜。居場所をなくして腹を切る。居場所のなさという意味ではもっとひどいんじゃないか。

養老　一人で山の中に籠もっても、生きるの大変だもんね。そういう場所がないんだよ、籠もる候補地がない。そこに行けば自由だという場所が。

――街の構造からして、逃げ場がどんどん消えてますもんね。

養老　タバコも吸えない。異常だよ。昨日も埼玉県の桶川市という町に行ったんだけど、講演場所が街の文化会館みたいな立派なホールでね。「敷地内禁煙」なんだ。しようがないので駐車場まで行って吸っていたら、会館の係の人がいて、「見つけちゃったから、やめてください」って。敷地内だからね。

名越　でも人口が減っていくに従って、そういうのを緩めていきたいですね。もう今から緩めましょうよ。

どうもしないようにすることが大事

――ブータンに行くのがいいですかね。

養老 それがね、今年（二〇二三年）、またブータンに行ったんだけど、最悪だなと思ったことがあってね。アメリカのコンサル会社が入っていたんですよ。

名越 そっか～。あっという間に、何でも動かせるみたいなことになるんですかね。うわぁ、きびしいね。あっという間にブータンが変わってしまうかもしれないですね。

養老 ブータンの人がこういうふうにしたいんですけど、とコンサル会社に相談すると、その種の相談は契約に入っていないから、あらためて契約料を払えって。

名越 絶対そうなる。そこにはこれまでの歴史も消されるかもしれないし。ブータンは変わり目ですね。「幸せ度世界一」と言われて注目されて、ホテルができて、お金がどんどん入って、人々の生活も変わる。素敵な家に住んだり、車に乗ったりして、人と比べるようになると、幸せの感覚も違ってきますよね。

――どうしたらいいんでしょうね？

名越 なるたけどうもしないようにするということが大事なんじゃないのかな。

養老 どうしたらいいっていう考え方がそもそも脳化している。どうしたらいいかわかることは全部片付けちゃった。つまり答えを出してきた。そのやり方じゃ答えられない問題だけが残ったんだからね。

ちょっとタバコ吸ってきます。

第三章
「世の中」ってなんですか

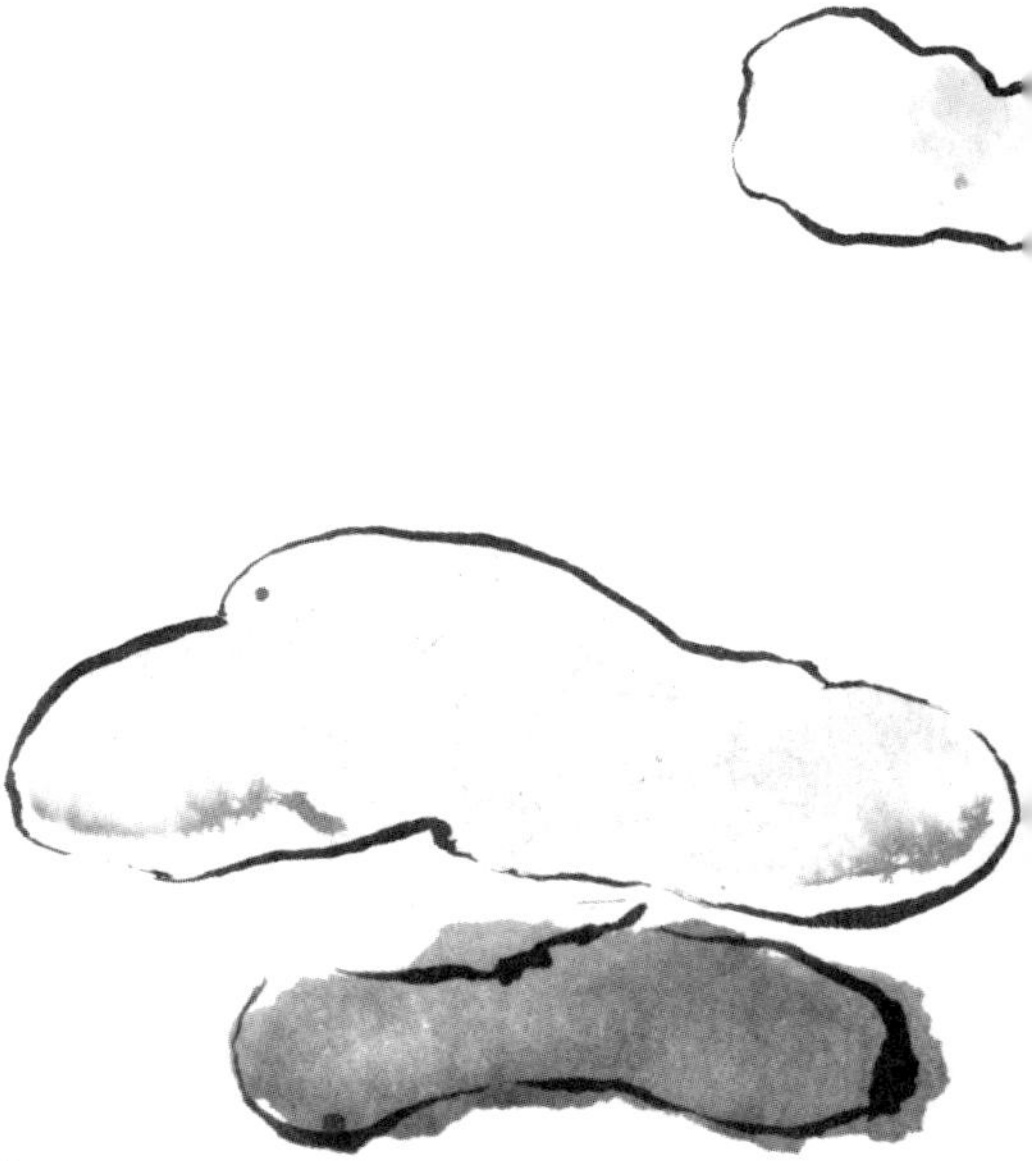

「世間にまぜてください」ぐらいだったら楽

――養老さんは、全国で講演をされていますが、どんな方に向けてお話しされることが多いんですか？

養老 お寺にばっかり行っている。なんで僕がお坊さんに説教しなきゃいけないのか？（笑）

名越 お寺が先生のような方を必要としているのだと思います。一般衆生《しゅじょう》と専門家を繋ぐような人が相変わらずとても少ないですから。和尚様方もある意味脱皮しようと真剣に取り組んでいる方が増えている気がします。私見ですが、仏教はすごい歴史的な哲学の構築、特に仏教的な前提条件が完璧すぎて、人間としての素朴な言葉というレベルで、喋れなくなっている傾向があると思います。

――講演以外にも、本をだされたり、メディアのインタビューを受けたり、一方ではユーチューバーでもあるし、多方面で発言をされていますね。仕事はどんな基準で選んでいらっしゃるんですか。

養老　仕事を断るのが面倒だよね。なんであっちを受けて、うちを受けないのと思われるのが面倒。老人はじっとして受けるもんだと。もう八十代後半でしょ。

名越　僕も最近断らなあかんことがたまたまあったんですが、断るのがすごくしんどかったですもん。なんでしょうね、あの据わりの悪さ。やっぱり自分も人の縁の中で生きているというか。

――養老さんの公式ユーチューブチャンネル、再生回数もチャンネル登録者の数も多いですね。

養老　知らねぇよ。女房の知り合いの会社から頼まれた。世間のお付き合いだよ。バカボンのパパみたいなもんだよ。「僕も社会にまぜてください」って。もうちょっと社会の端の方にいさせてよって。

名越　ハハハハ。おもしろい！

――その力が抜け具合がいいですね。

名越　みんな、それぐらいだったらもうちょっとね、幸せになりますね。世間にまぜてくださいぐらいの感じで。ときどき参加するのが世間である、という考え方だったら気分的にラクかも。それぐらいの関わり方でも、実際的な生産活動とあんまり変わらないような気もする。

養老　（iPhoneを見せながら）こうやって持ってるのも世間のお付き合い。世間にまぜてもらうには、それなりの対価が必要でね。そんな風に思っているのは自分ぐらいで、普通の人はそう思っていない。自分がスマホを持って、世間にハマっているのは当たり前だと思ってるんでね。それを「天賦人権論」というんですよ。小さい頃から一番不思議だったんだけど。普通の人はみんな自分がその位置にいて、不思議と思ってないんだなと。僕は不思議なので、まぜてもらおうとしている。

名越 先生、一番忙しかったのはいつですか?

養老 ずっと同じ。

――適度に休暇をとりなさい、余暇を作りなさいと言われますよね。でもそのときの余暇は、仕事とかで生産性を高めるための休息みたいなニュアンスで語られることが多いです。それは本当の余暇なんでしょうか?

名越 僕と同じ臨床心理学の先生の多くは、心に余裕を持ちなさい、余暇を作りなさい、あるいは趣味を作りなさいと言いますよ。でもね、僕、それだけは絶対に言ったことないんです。僕も余暇に曲を作ったり、文章をひねりだしたりしているじゃないですか。だから、どんどん仕事とかが余暇の時間に染み出してくるんですよ。下手したら暇なときの方が忙しいです。多分、先生もそうやと思う。

養老　そうだね。

名越　本気で取り組まなければいけないから。本気になって虫を捕る。

養老　そう。

名越　先生は講演などを依頼される場合、解剖学そのものを話すというよりは、解剖学で培われた事象の分析であったり、その分析の仕方について話すことを求められているということが多いような気がするんですけれども、いかがですか？

養老　解剖学というのは本当に変なもので、人間をバラしてなんぼっていう感じですよ。バラされる相手と自分との関係性を考えさせられる。相手は返事をしないだけで、人間関係があるんですよ。こちら側の心理はちゃんと動きますからね。バラバラになると。誰がこんなことにしやがったんだと言われたところで、結局自分がやったんだからね。自問自答ですけれども。

名越　それはかなり切迫したもんですよね、体をバラバラにしたのはお前だろうということ。切迫した問いですよね。

養老　遺体の親戚筋の人の中には、解剖を見せろという人もいるわけですよ。解剖の途中を見せるのはダメですよとは伝えている。解剖を見たければ、最初だけということにしているんです。途中で見ると、どうしてそこまで解剖してしまったのかわからないから、安直には見せないわけです。

修行をすると、価値判断とは違う世界に入れる

——解剖というのは、問題を自分で見つけること。勉強したかったから解剖学に進んだとおっしゃっていました。どんなことを考えながら解剖をしていらっしゃるんでしょうか？

養老 解剖は修行みたいなもんだと思ってるんですよ。一対一で付き合うわけでしょ。そうして解剖を進めていくと、その中で何ができてくるかというと、「解剖した人」という本人ができてくる。修行と言うと「千日回峰行《せんにちかいほうぎょう》」というのがあるよね。比叡山《ひえいざん》を千日（七年間）かけてひたすら歩く修行。あれをやって何ができるかというと、やはり「本人ができた」ということでしかないと思うんだよ。

その行をやった本人の中にできる。つまり自分の頭の中に溜まっていく。経済効果でいえばゼロですよ。

名越 僕はそういう類の修行をしたことはないけれども、たとえば真言密教で、虚空《こくう》蔵菩薩《ぞうぼさつ》の真言を五十日或いは百日の間で百万回唱えるという修行があるんです。僕も詳しいことは知らないのですが、真言というのは、「ノウボウ アキャシャギャラバヤ オン アリキャ マリ ボリ ソワカ」で、これを日夜唱える。「求聞持《ぐもんじ》法《ほう》」と言うんですが、その間中一人で籠もって過ごすわけで、その修行でどうなるか。それはその人にしかわからない。先生のおっしゃるとおりです。

養老 その百万回というのはどうやって数えるわけですか？

名越 五十日でしたら一日に二万回唱えるわけです。ふつう一回真言を唱えるごとに数珠を一つ繰る。その数珠は、百回（実際には百八回）唱えたらちょうど一周するようになっているんです。それを二百回転させると二万回という勘定になる。完遂されたことのある和尚様は一日二万回やったら、豆一個を左の器から右の器に移されていたそうです。毎日お豆を一つずつ移していって五十個たまったら百万回になる。

養老　水だけちゃんと飲んでいれば四十日は生きられますからね。

名越　行者は断食を何度も訓練しているので五十日間は生きれるようになるんでしょうね。

養老　僕らは体を動かして細かく解剖の作業をしていく。目の前の仕事を片付けて作業に没頭するのが僕にとっては一種の修行でね。解剖するときに、この人はどんな仕事をした人かとか、相手のことに興味をもつとそれが解剖の邪魔になるから、そういう欲求を抑える必要があるんです。自分をコントロールするというのも修行。解剖を続けていると、目の前の死体にも慣れてくる。なんなんですかね、手先だけの作業だけなんだけど。

名越　修行というと、僕なんかは仏教の修行みたいなものかと結びつけようとしますけど、でも、養老先生が解剖のいわゆる作業が修行だったって言われたとき、何かピンとくるものがあったんですよね。修行とは何かといえば、独特の集中の世界に入ることで、「体と心が充実する」ことなのかもしれない。あとは、

養老　善悪を超えてるっていうか。

名越　外の世界と関係ないんです。価値判断とか、そういうものとは違う世界に入りますからね。俗っぽく言うと解剖をやっているときに、これを一つ終えたら三万円とか、そういう打算的な価値観は入り込まない。あるのはただ一つ、目の前のご遺体だけ。解剖をひたすら続けているんだけど、外のいろいろな価値観とかシステムとか、そういうものと完全に乖離した世界で集中して作業しているっていうことですから。

だいたい人が作ったものに興味ねえから

――解剖は、どこか虫に似ているかもしれませんね。

養老 そうだね。虫の足に何本毛が生えてようが、「わかった!」って叫ぼうが、皆さんとまったく関係ないから。そういう人間の作業と関係ないものが好きなんだよ。だいたい人が作ったものに興味ねえから。

名越 名言や!(拍手)

養老 (兵庫県の)姫路に行ったときに、お城が補修中(補修期間二〇〇九年十月~。二〇一五年三月より大天守の一般公開)だったんですよ。

名越 いわゆる「白鷺城《はくろじょう》」ですね。

養老　教育委員会か何かの主催だったから、「先生、いま補修中で入れないけど、特別に入れてあげますよ」というわけ。断るのに僕が言ったのが、「人間の作ったものに興味ありません」って。

名越　ハハハハ、人が作ったものに本気になれないんですね。

――もし城ではなく、カブトムシがいるって言ったら、見に行っちゃうんですか。

養老　もちろん見に行っちゃう。

――一体の解剖を終えるのにどれぐらいかかるんでしょうか？

養老　やり方次第ですけどね、きちんとやると三ヶ月とか四ヶ月ぐらいかかります。テーマも、解剖を進めていくうちに、学生がやっているのを見て決めていくこともあります。人によって違う変異みたいなものが見つかる場合がある。どうしてそういうものができるのかということを考える。たとえば内臓の位置が違うとか神経の走り方が違うとか。そういう変化が一番大きいのは血管なんですよね。血管というのは適当に回復できてしまうんですよね。詰まっていてもバイパスが勝手にできてしまうということがあるので。

自然も人体もほんとうは正体不明

――解剖というのはそもそも何か？　と聞かれたら、どう答えますか？

養老　人体は小宇宙といいますけど、ほんとうはわけのわからないものですよ。いまの人は、それをわかったつもりでいるけどね。解剖というのは、構成要素をとりだして、わかんないものに名前を付けてきたんです。これが胃で、腸で……と。名前をつけて情報化してきた。情報の世界に移していった。そうすると便利でしょ。この患者は胃が悪いと。そういうふうにしていかないと、いちいち現物を持ち出さないと話にならないわけ。

人体をすべて情報の世界に置き換えていく。調べていくと、それ自体のルールがあって、いろいろわかってくるでしょう。胃の機能とか、腸の働きとか。それぞれの臓器に関して、どんなものかという予測がついてくる。だから情報化するわけで。いまは情報の整理作業の方が中心になってますね。

人間ってそういうことをずっとやってきたんですよ、世界を情報化するという作業を。

いま問題なのは、医学に関わる者が、人の身体は情報化しきってしまったと思い込んでいること。この歳になって一番感じるのは、わかっちゃったことになっているなと。でもそれ違うんだよということなんですよね。実は真っ暗闇なんですよ、自然の世界とは。人体もそうで、全然わかってないんだけど、わかったつもりでいるわけ。「わかりきってるでしょ」っていうのが、医者の前提なんですよ。バカにしている。相変わらず真っ暗闇に直面していることに、医者自身が気がついてない。人の体は元々ブラックボックスなんだな。正体不明でしょう。

――それに気づかないと、どんなことが問題になりますか？

養老　暗闇から少しずつ光をあてて、見ていく作業がお留守になっていく。

名越　そこにはたくさん重要なことが隠されているんでしょうね。

養老　解剖すればするほど、わかんなかったことがわかってくるからね。ぼんやり見てりゃ同じですけどね。でもその自然が本当に真っ暗闇で、その中のほんの一部を我々が見てるという感覚がないでしょ。

解剖の教科書に書いてあることでも、現物をあたると、何か別のものがいろいろ付け加わってくる。脳はいきなり取り出せないんですよ。だから骨を外したら硬膜がおおっているわけですが、硬膜の硬さなんて、教科書には書いていない。実はその下に軟膜というのがあって、それと込みでつけられた名前だから。

死体から脳だけ取り出すにはどうしたらいいと思う？

脳だけで存在しているわけではないからね。脊髄でつながっている。脊髄と脳の間を切り離さなければいけない。延髄と脊髄の間が見えないんですよ、深いところにあるから。見えないから勘でメスを入れて切るんですけど、脳神経って脳から末梢に繋がっている神経がいくつもあるから、それをあるところできちっと切ってくるんですよ。十二対か十三対だかある。それを全部切ると、末梢との繋がりがなくなるから脳全体が取れる。学生は切り出した脳しか見てないから、そのあたりはわからないと思うけど。
　とにかく脳がいちばん取り出すのが面倒くさい。あと肝臓とか腎臓を取るのは、楽ですよ。ちゃんと一個の臓器として独立していて、外との連絡がないから。

名越　そのご遺体を自分で交渉しに行くっていう動きもあらためて考えると、それら一連の全体を見ないと解剖はわからないっていう、そういう直感に導かれた行動なんですか。

養老　自分の仕事ぐらいね、自分で把握できる範囲でやんないと。「できる範囲」とは死んだ人をかつぐところから始めるわけで。普通はそこは省略するんですよ。

誰かにやらせりゃいいと。

みんな自分の願望の充足のために、現実を利用しようと躍起

――お話を聞いていると、同じ医師であっても、養老さんが見ている景色と、解剖を専門としない医師・研究者が目にする景色はずいぶん違う印象があります。

養老　（解剖を専門としない人たちの多くは）「現にあるもの」を記述するってことはしないでしょう。ほとんどの研究者は自分で実験の世界を組んで、その中で何が起こるかを記述するわけです。僕らが見てるのは実験系じゃなくて、もうありとあらゆるものを含んでるわけでしょ。それが死んだ人として目の前にあるんだから、それを記述するときに、実はそういう実験室とまるで違うんですよ。そこが一番苦労のもとだったですね。

世の中で実験系が主流になっているとき、解剖のように「現にあるもの」を記述するような仕事をしていると、さっき名越さんが言ってくれたけど、「おまえ、それは時代遅れだ」とか「そんなことは杉田玄白の時代で終わっているよ」と言う人がでてくるわけ。しかもアメリカがそっち（実験系）に急激に動いたから、もっと悪いんですよ。

でもね、アメリカはその後、実験系に偏りすぎた反省なのか、さすがに人が多いんで、やっぱりそれはまずいっていうか、実験系に置いていかれると思った連中が、一九八六年に米国科学アカデミーとスミソニアン協会とが話し合って、そういう分野を作ろうとした。そうしてできたのが「生物多様性」(BioDiversity) って言葉。

生物そのものをいじるのは、進歩主義者からすると〝プリミティブ〟な作業って捉えられているわけ。「そういうことをやんなくていい」というイメージをもっている。だけど実際の生き物をみなければ、何にもわかんないだろうと思う人が、アメリカにも大勢いたんですよ。

名越　養老先生が常々現実は結果なのだ、と口を酸っぱくしておっしゃっている理由をみた思いです。みんな自分の願望の充足のために現実を利用しようと躍起で、ありのままの多様な現実を全く見れなくなっている。それは自分の目的のために目の前のものを利用してやろうという魂胆に、いつの間にか心が囚われてしまっているからで、近代人はその状態がもうデフォルトになってしまっている。その見えない壁を乗り越えない限り、目前の多様な世界は見えて来ない気がしますね。

世の中の八割の人は、どこかごまかしつつ生きている

――大学に勤務していると、解剖医という面と、教授という両面がありますが、その両方をやるのは難しくなかったですか？

養老 多くの人は、研究と教授としての事務仕事をうまく両立するんですよ。研究と事務仕事とは別物だと割り切れる。僕はそれがすごく下手でね、できなかったですね。研究と事務仕事とを何とか一致させなきゃいけないとどこかで思っていたんです。一致させるのはものすごい簡単といえば簡単なんだけど、個人的には大変だった。だから大学を辞めちゃったんで。

研究費を得るために、書類をいろいろ書かなきゃいけないことがあるんです

よ。でもやめたの。やろうとすると嘘つきになるから。嘘をつく癖がつくからね。

名越　手をつけてみないとわからないものを、どうやって予測して書くのかなと思いますもんね。やって初めて、こうやった方がいいのかなとわかるけれども、その前からこうやりますって書けない。

養老　仕事が仕事だから、ものすごく厳密でしょ。実際にあるものと自分が書くことの間に厳密なものが要求される。ベタっと対応してないといけないわけだから。そういう仕事をしている人間が、堂々と嘘を書けないじゃん。

名越　書くことで引き裂かれなければならない。関係書類を書く人と研究者を分業にしてしまえばいいのか。でも、その感覚、すごくわかります。それは人格の一貫性とかそういう問題じゃなくて、気持ち悪いんですよ。で、仮に割り切ってやり続けるとすると、だんだん情緒がフリーズするというか何かに自分が乗っ取られたように無表情になってゆく人も出てくると思うんです。広い意味での解離状態ですね。そうすると他のやりがいのあることまで、力が入らなくなってくる。世の中の八割の人は、そういうのを引きずりながら、どこかごまかしつつ生きている気がします。本来それはとても精神的には具合の悪いことなんですが、そっちの人の方が多いということだと思います。

人間は厄介だよ

養老　嘘をつく、つかないというような書類以外にも、くだらない書類がいっぱいくるんですよ。それを書いてだせばいいんだけど、僕はできない。たとえば、さっきの香典の領収書なんかそうですよ。領収書がなくても僕は困らないんだよ。シラバスにしてもそう。困るのは事務だけ。だせばいいじゃないかと言われるけど、まったく無意味だと思うわけ。時間の無駄だと。誰のためだって考えると、事務書類を整理している職員の給料を保障するためとしか思えない。最近、〝ブルシット・ジョブ〟とかいうでしょ、くだらない仕事。ほんとブルシットですよ。つまらないことだけど長年恨みつらみが溜まってるから。

そのほかに覚えているのは、毎年、年度はじめに扶養家族の書類を出さなきゃいけない。要するに四月に扶養家族の異同があったときには変更しなきゃいけないでしょ。それをどういうわけか、毎年同じ書類を書かされるから頭にきて、去年と同じ内容の書類になる場合は、出さないと決めた。事務に許可を得たわけではなく、自分で勝手に。

当然、事務から「提出されていません」という連絡がきました。「出さないよ」って言ったら、健康保険証をよこさないんだよ。去年と同じにしてくれと言っても、去年のじゃ駄目らしいんだよね。僕はそういう理解はしないんですよ。結局、十年間、健康保険証を持ってなかった。

――具合がわるくなったら？

養老 医者のところに直に行く。呼吸器の具合がわるくて、ちょっと変だなと思ったときには、放射線科の同級生を訪ねて、「具合わるいんだけど」と言ったら、「胸のレントゲン撮ってやるよ」と。そいつ何て言ったかというと、「俺も長いこと撮ってないから、撮ってみるかな」ってさ（笑）。そんな世界です。

名越　書類関係、僕も本当に無理なんです。前年度と一緒ですって言われるんですけど、病院の勤務医をしているときは、ひーひー言いながら書いていたんですよ。苦手なんで、僕の書類は三分の一ぐらいは戻って書き直しを迫られるんです。「先生、ここが抜けていますよ」と、だいたい不備があるんですよ。

三十八歳で退職して、クリニックを開いても同じこと。書類がどんどんたまっていくわけですよ。あのときも事務の人にずいぶん助けてもらった。なんでなんだろうな、とにかく嫌なんです。無意味だという考えでやる――そういうのが生理的にダメなのかな。

養老　フロストだね。イギリスにフロストという警部を主人公にした小説シリーズがある。フロストがやっぱり経費を精算するのが大嫌いでね。ずっとごまかしていた請求書の改竄《かいざん》がバレてしまうという。

名越　診断書を書くのも苦痛でしたね。とにかく書類を書くのが嫌で嫌で。

養老　人間は厄介だよね。存在しているだけで厄介。

名越　僕もその感覚、すごくあります。だからどこに行っても、「すいません。こんな僕ですいません」みたいなことを思っている。「ここの空気を汚してすいません」みたいなことをブツブツ言う感じでやってますね。「ごめんね」という感じはいつもありますね。「しんどい」んですよね。昔はテレビ番組の出演するときが一番しんどかったですね。周りを見たら綺麗な人ばっかりで、テレビに出たら、僕は場違いだなという風に思ってしまう。そういう風に思いながら、いつもテレビカメラの前に座っていました。やりがいがあると思っているのに、一方でこんなところに僕が座っていていいのだろうかなんて。

長く患者さんのことを診察してきたので、自分も処罰しかねない厄介な感情を抱えた人が多く来られるから、そういう人に対してはある程度耐性があるんだけれども、自分に対する耐性はなかなかないですね。自分の厄介な感情に対してどういう風に対処したらいいのか、というのが。

養老　そういうことになんで向き合わなければいけないのかと思うんだけど。

名越　厄介なまま生きたらいいじゃないかと。

養老　受け入れてね。

システムを維持するための仕事ってのが大嫌い

――養老さんが東大を辞めたのはおいくつのときですか?

養老 五十七歳。しょっちゅうやめると言っていたんだけど、結局、その年までいたね。

――そこまでよく我慢された。

養老 偉いと思う。

名越 我慢強いとしか思えん。

――辞めなかったのはなぜ？

養老　いろいろ腐れ縁じゃないけど、周りに縁ができちゃうでしょ。そうすると何となく当てにされているってのがわかるわけ。この人がいないと、後の就職に困るとか。

――東大という組織というより、当てにしてくれている人との繋がりですか？

養老　そういうこともあります。当然あるでしょう。そういうのって紙に書いた契約関係じゃないから、かえって無視しづらいんですよね。でも、システムの中でそういう風に当てにしたりされたりというのは、外に出てみると屁みたいなものですから。そうでない繋がりであれば、切れないから。

名越　それ、わかります。いったん自分がそのシステムの外にでてしまったら、瞬間で蒸発しますよね。なんであんなことに心を砕いていたんだろうと思う。辞めて二ヶ月ほどで、もうその感触を思い出せない場合もある。不思議です、組織の催眠にかかっていたのか。催眠がとけたら現実感がなくなるでしょう。

養老　それにしても、大学の教授は雑用が多いんですよね。

書類整理に象徴されるようなそんなことが多いからね。雑用が多いし、研究にも差し支えるから辞めた。「自分のためになる」「ならない」で判断する。事務書類をいくら書いたって自分のためにならないでしょ。解剖は暗闇に多少光をあてるっていうところがあるから、大げさに言えば、「世のため、人のため」になるんです。

事務処理なんて事務のシステムを維持するためでしょ。そういうシステムを維持するための仕事ってのが大嫌い。だからAIが普及して、ざまあみろって。そういう仕事がなくなるんですよ。

名越　ほんとや。

養老　ただAIも全部やってくれるかというとそうではなくて、こっちが打ち込まなきゃどうしようもないから。人間が作ったシステムを維持するために働いてるわけじゃないので。真っ暗闇の自然とつきあうのが僕の仕事だと思ってるから。本来の仕事にかける時間を削ってまで、事務の仕事につきあう気はない。

第四章 「自分」ってなんですか

自然環境の一部であるはずの自分が切り離されてしまった

養老　書評を書くんで、岩村暢子《いわむらのぶこ》さんの『ぼっちな食卓　限界家族と「個」の風景』（中央公論新社）という本を読んだんです。一九六〇年以降生まれの主婦を対象として、最初にA4サイズのアンケート用紙に答えてもらうんですね。「どういうつもりで朝食を作ってますか」「日本の伝統食を大事にしていますか」とか「家族の栄養を考えて料理を作っていますか」とか。

それから食卓の写真を撮って、家族の食卓を記録してもらう。たとえば朝食について、家族の一人ひとりが何を食べたかって日記みたいなものをつけてもらう。データがたまったら、それをもとに詳細にインタビューする。

最初の調査は一九九八年で二〇〇九年まで行われて、協力した家庭は二百四十。十年後には百家庭ちょっとになり、有効サンプルとしては八十九家庭、二十年後にはかなり減って八になるんだけど、その調査から浮かび上がってくる現代家族のありようがおもしろいんです。

今の家庭ってね、小学生以上の子どもがいるお母さんでも、みんなが食べたいもの、好きなものを、好きなときに、好きなようにして食べるんだね。体にいいから野菜を食べなさいとか、そういうことを一切言わない家庭が多い。そうさせておけば食卓が楽しいから、と言うんだけど。

また、あれをしなさい、これにしなさいって指示するのは駄目だと。だから、家族みんなが揃って食卓につくという形をとらないで、みんな、自分の都合でバラバラに食卓にくる。その方がお母さんも自分時間がつくれるというので。ママ友と一緒に食事をしたりなんかしてるわけ。

ただ、そういうのが全部というわけではなく、社会の大勢らしいんだよね、その調査によると。一緒に食べないってことです。だからタイトルにもなっている、〝ぼっち〟なわけ。

しみじみ思ったんだけど、「自分」っていうのが大問題ですよね。以前から気になっていたんだけど、本来、食というのは、自然環境と地続きでしょ。食べたものが体になるんだから。いまはその地続き感がなくなっちゃって、環境って言葉になっちゃったんですよ。環境ってのは自分を取り巻くものだから。

本来、環境の一部であるはずの自分が、切り離されて立ってしまっているんですよね。僕なんかはそんな自分はないと思っているので。

でも、現実には、好きなものを好きな時間に「自分」一人で食べるっていう。そうすることで、環境から切り離されて、「自分」が「自分の皮膚の中」に入ってしまった。すごく狭い世界の自分なわけです。

しかも最近の家には仏壇がない場合が多いでしょ。ご先祖から命をつないできたという、時間的な経過の中で自分を捉えることもない。天皇制とか家制度ってのは、そういうものをむしろ保障してきたんだけど、それらは封建的として全部潰してきたんですよね。天皇制は潰れてないけど。

だから現代のお母さん方は、「いま何が食べたい」みたいな、極めて刹那的というか、そういう欲求を「自分」として考えてます。

十年後に、また同じ家族で調査をしているんですが、バラバラに食べていた家庭では、相変わらずバラバラ。コンビニで買ったきたものを、食卓ではなく寝室で食って一杯飲んでたりしている。

要するに、一種の崩壊家庭ですよね。

自分なんてないんだから

養老　（家族の食卓）調査の中でも、非常に例外的な家庭もあるんですね。二十年前の調査で、箸の持ち方から食べるものまで口うるさく言って、なおかつ食事中はテレビをつけない。それを今でも続けている家庭で育った子どもが成長するとどうなったか。親の手伝いをして、昔風にうまくいってるんですよ。

多分日本人は、無意識にそういう食のあり方をつぶしてきたんです。その結果、何が起きたかっていうと、さっきも言ったように「個」が独立していったんですよ。しかもそういう「個」というのは極めて刹那的で、車の好みが違う程度なんだけど、それを「個性」などと称して、一種の価値として上げてきたわけです。

でもその弊害がでてきていると思うんです。そういう「個」って、ものすごく小さいし、ケチくさいものなので、自分には価値がないなどと困っているんじゃないかと思うんです。子どものときからそういう育てられ方をすると、逆にそういう小さいものを自分だと思い込んで、それが侵害されると、変な犯罪が起こるんじゃないですかね、人を殺してみたり。一方で「自分には価値がない」と悩んでみたり。

名越 自分勝手に行動していると、そこに他人が入ってきたら邪魔な存在でしかないですもんね。他人は不快感をもよおす存在でしかなくなりますので。その延長として、殺しも起こりますよね。

養老 カッとなって家族を殺すとかね。

名越 「そこ、どけ」と言われるだけで殺すかもしれない。そういう感情を持ってしまう人の「自分」は、砂上の楼閣の上に立っているような感じがしますね。

養老 そうです。

名越 自分なんて何もないのに、自分で勝手に、自分の時間が一番豊かだと思っている。

養老　実は「自分」っていうのは極めて不安定だから、みんな、いまの自分に対して「これでいいのか」っていう不安があるんだよね。

名越　自分を肯定する本が売れたりしていますけど、こういう理屈には読み方があって、自分に対する頑《かたく》なな思い込みをとる、ということが本来の目的だと思うんです。それを読んで一層今の自己完結のままでいいとなるとちょっとしんどい。肯定されたからいいんだって。でもそれでは本質的な不安は消えないと思うんですよね。自分なんてないんだから。まず自分って何かというのを摑むところから始めないとね。

あのハエ、おまえのおじいちゃんかもしれない

――家族の一員でもない、自然の一部でもない中で、いきなり「あなたは何者か？」と問われても、わからないですよね。それがわからなくて不安になってしまう。

名越 僕もまあちょっとした崩壊家庭で育ったんです。歳をとってから精神的に不安定になって、あるとき、仏教がいいんじゃないか？　と思って、お寺に定期的に通うようになった。その中で感じたのは、仏と自分との関係性の中で自分がわかるようになったことでした。

養老 ブータンに行くともっと簡単だよ。あるとき、コップの中にハエが落ちたんだね。それを見たブータンの人は、ハエを手で掬《すく》って、乾かして、振って飛ばし

て、「おまえのおじいちゃんかもしれないからな」って言うんだ。人は死ぬと、あっという間にそこらへんのハエになっちゃうんだから、というわけですよね。

名越 なるほど、関係性の網目ですよね。

養老 見ると、その辺に犬がゴロゴロねているんだよ。本当に「犬が落ちてる」って感じですよ（笑）。

初めて入ったお寺だったんだけど、入っていくと、なんか一度来たことある気がするから、お坊さんに言ったんですよ。

「どっかでお会いしたことあるような気がするんですが」

って。そしたらそのお坊さん、実は代々「ラマ」っていう称号をもらっている偉い人で、

「そんなの当たり前だよ。あんたが日本からはるばる、こんな田舎のお寺までやってきて、私と会うっていうのは、昔から決まっていたことで、お釈迦さんはちゃんと知ってるんだよ」

名越 「当たり前だ」っていう迫力がすごいです。

養老　どっかでなにかの縁があったんだから、会って当たり前だろうっていう。

名越　そういう世界観なんでしょうね。仏教の摂理というか、それが当然だっていう。

養老　ブータンでは、来る人はみんな旅人でしょ。めったに会わない。そういう感覚が当たり前だったんじゃないかな。稀人《まれびと》ですよね。やっぱり、近代の合理的な考え方っていうのは貧しいなと思った。「会うっていうのは昔から決まってった」というふうに言われると、いろいろ想像が働くでしょ。そういうものを日本は組織的に消してきたんだよね。

名越　（武術研究家の）甲野善紀《こうのよしのり》先生から何十回もそういう話を聞いたことがあります。たとえば、自分が受けたひどい体験を「こんなことになったんですよ」と打ち明けると、「全部決まってるんですから」と言われるんです。「名越さんね、全部初めから決まってるよ」って。最初はピンと来なくて、そんなもんかなあとか思っていた。でもいまは、だいぶ身につきました。

養老　大丈夫ですよ、死ぬのも決まっているからね。死ぬ心配もしなくていいんだよ。

名越　「全部決まっているんです」と言われても、初めは「ええ?・」と思いましたよ。

こんな酷い目にあってるのに、なんで？　と、すぐにのみ込めなかった。でも何度も言われているうちに、だんだん「そうか」みたいな。一応今まで生き抜いてこれてるわけじゃないですか。そうするとやっぱり甲野先生が言ってる方が正しかったんだと思いますよ。とりあえず今、心臓動いてるから。

――この先も決まっているということ？

名越　甲野先生は自分の自意識の中ではすべて自由だと。でも一方でその自意識をさっ引いたら、全部決まってる。全部自由に決めているけれども、それが全部決まってると。そういうことを二十歳のときに、落雷に打たれたようにたぶんあの方は感得したんですよ。

でもそれは頭でわかっただけやから、実感として、身体的にそれを納得しなければいけないということで、古武術を始められた。たとえば実際に刀で斬りかかってこられたら、これで斬られるか斬られないかはもう決まっていることなんだ、と収まってはいられないじゃないですか。何の防御もしなければ斬られてしまいますから。でも一方でたとえ結果がどうなってもそれを丸のまま運命として受け入れることができるかどうか、ということじゃないんですか。だから武術が一番やりやすかった。

僕の理解は漫画的ですよ。もっともっと深いことだと思いますけど。斬りかかってこられて、ボーッと見てる人はいないはずで、かわすとか、何らかの対応をすると思いますけど、その結果は最初から決まっている、必然だと。

――そうした考え方を日本人は……。

養老　忘れてきた。

名越　本当に。運命を受け入れるということを忘れて、あらがいますもんね。そうしたら苦しいですね。

管理できないものを危機って言うんじゃないですか

――そういう考えを忘れてしまったのは、いつ頃からでしょうか？　戦後？

名越　絶対そうでしょ。だから後悔ばかりしたりね。

養老　危機管理委員会ができるようになってからじゃないか。危機を管理できると思い込んでいるんだよ。「危機管理」に関する考え方ができたのは村山《むらやま》（富市《とみいち》）内閣のときなんですよ、阪神淡路大震災の反省からね。で、そのとき、危機管理に関する首相の私的顧問委員会ができて、どういうわけか、僕がメンバーにされてしまった。
「管理できないのを危機って言うんじゃないですか？」

と言ったんだけど、官僚にはまったく通じないんだね。そりゃあそうだよね、あの人たちは管理するのが仕事だから。

名越　僕は、ある大手会社の委員会を十年ほどやったことがあるんです。東日本大震災が起こる直前まで。あの震災の前にちょうど任期を迎えた。

いまでも覚えているのが、任期が終わる直前の、最後から二回目ぐらいのときだったか、危機管理の話が詳しくでたんです。会社側は、「この場合はこうする」「こういうケースにはこんなふうに対応する」っていう説明をずっとしてくださるんですが、途中からちょっと心配になってきてこう言ったんです。「その〝もしも〟のことっていうのは、本来は想定外のことが起こるというときのことじゃないんでしょうか？　今の自分たちでは想像できないような想定外のことが起こったときにどうするんですか」

僕は、東宝のゴジラ映画か何かを参考にされたらどうですかとか見当外れかも知れないことも言いました。映画では確か、空中から固まるコンクリートかなんかバーっと散布して、洪水を止めるというようなシーンがでてくるんですよ。

だから、もしものときには、飛び道具みたいな物を使うことも考えないといけないいんじゃないですか、と言ったんですけど、もう瞬間的に空気が変わって、意見がでる状況ではなくなっていました。

養老 福島原発の事故のときは、実際にヘリコプターが水を撒いていたね。

名越 確かに。でもその時には、管理職の人が「そういうこともありうるかとわかりました」と場を収めてくださって、なんだか場違いな雰囲気をフォローをしてもらったんですけれど（笑）。

お金っていうのは世間に必要なだけ回っていなければダメ

養老　以前、批評家の東浩紀《あずまひろき》君と対談したとき、彼、おもしろいことを言っていた。安倍晋三《あべしんぞう》（元首相）の国葬を取材に行ったというんだ。日本武道館でやった葬式には一万人（実際の参列者は四一八三人。海外の代表者約七〇〇人）が集まって、年配の人は正装してきたと。参列者は献花する形式だから、花を捧げたらやることないので、みんな何をするのかと思って見ていたら、靖国神社に向かって歩いて行くんだと。いまの人は葬式を甘く見てるというか、軽く見ているというのかわからないけど、いずれにしても、「安倍さんは靖国神社で国葬したのと同じですよ」と東君が言ってた。そういうところは、彼、鋭いですね。安倍の葬式に何人が来たとか、そういうことじゃない。

名越　その人の身体がどういう指向性を持っているか、その流れを見ているんですね。

養老　さっき言ったように、「会うっていうのは昔から決まっていた。お釈迦さんがちゃんと知っている」という考え方が消されてきたから、靖国神社に行きたくなっちゃうんですよ。安倍さんの葬式なのに。

名越　その話に繋がっていくんだ。なるほど。自分がなぜここにいるのか、何者かっていうことに潜在的に飢えているんだ。それ全部消されてきたから。

養老　何度もブータンに行ってますけど、さっきの話もそうだけど、因縁がいろいろあるんですよ。聞いた話では、ブータンでは、自分でお坊さんを選んで一生の師にするっていうんですよ。自分が何らかの問題に直面したりするとその坊さんに相談に行く。最初に行ったときに会ったお寺のお坊さんがなかなか偉い人だったんですね。当時僕がブータンで知り合った人も、僕のガイドしてくれた男もみんな、「会うことが決まっていた」と言ったお坊さんのところに来ていた。

そのお坊さん、いつも元気なさそうな顔をして、申し訳なさそうにしてるんだけどね。全然偉いお坊さんって感じがしなかった。それがいいなと思ってね。

お坊さんの世界って、大体エラそうでしょ。でもそのお坊さんはそういうところがまったくなかった。直感的にいいお坊さんだとわかるんだよ。

ブータンへ行ったのが二回目か三回目のときだったか、そのときは女房と一緒だったんだけど、そのお坊さんがこう言うわけ。

「日本はお金持ちだって聞いてるから、金を集めてくれないか」

何でかっていうと、ブータンに仏教を持ち込んだ偉いお坊さんがいるんです。その坊さんが説教をした聖地が確か八つぐらいあったんです。それで七つはすでに寺がちゃんとあるというんだけど、最後の八つめの寺がないというんです。それで自分が死んだ後、そういうことを覚えている人がいなくなるのは困るから、そこにお堂を作ってご本尊を安置したいというんです。ただ、ご本尊を作るのにお金が要るから、集めてほしいと。

ブータンには仏像を作る技術者がいないんですね。インドから買うんですよ。僕はその作り方をよく知ってたんですよ、鎌倉の大仏なんかと作り方が同じだから。瓦でつくるんだけど。

それで、いくら必要なんだという話になって、よくわかんないから、今枝由郎《いまえだよしろう》さんっていう、チベット仏教の研究者で、ブータン国立図書館の顧問を十五年ほどしていた人がいる。その人に相談したら、このぐらいでいいんじゃないかっていう金額を教えてくれたんですよ。そしたら自分の小遣いでもだせると。

たまたま余裕があったんですよ。僕、貯金通帳にお金がたまっていること、これまでなかったからね。だってね、根本の考え方は、お金ってのは世間に必要なだけ回ってなければダメだと。だから自分んところにお金がたまっていては誰かが困ってるだろうと。

名越 お金を循環させなければと。

死ぬときには何も残すな

養老　一人もののときは飲んだりして散財していたんだけどね。もちろん家族ができてからはなかなかそれはできないから、ある程度は貯金しましたけど。

　それでブータンのお坊さんには、「いいですよ、募金します」と返事したんです。今枝（由郎）さんに仲介してもらって、お金を渡したんだよね。

　ブータンでは、僕みたいな年寄りが、こんな年になっても働いていてはいけないという風に言うんだね。

名越　「ライフ・イズ・ゼロ」だ。死ぬときには何も残すなという。ブータンは仏教の国なので、養老先生ぐらいのお年になると隠居して仏道修行するという感覚なのでしょうか。

養老　さっきのご本尊がどうなったかというとね。何年かたってブータンに行ったんだよ。するとお坊さんがちょっと困った顔をしているんだよ。お金どうなっちゃったか心配になったんだけど、こう言うんです。

「皇太后がお寺にするといってお金を持って行った」と。

ブータンのお寺は、日本みたいに設計図を引いて建設会社が作ったりはしないんですよ。地元の人が勤労奉仕で作る。お金を出してから出来上がるまでに十年ぐらいかかった。その間、僕は何回か行ったんだけど、つい最近、そこが尼寺になって、お坊さんの養成学校になった。

女房がそのお寺を見たいというから、一緒に行ったら、尼さんの卵が三十六人いた。学生ですよ。指導教官は六人。大きな立派なお寺になっていました。行ったら勤行《ごんぎょう》していて、お寺を作ってくれた人の健康長寿を祈ってたから、当分、俺、死なねえよ（笑）。

名越　巡礼できますから。皆にとってもすごい貴重な場ができたわけです。

養老　ご本尊も置いてありましたよ。何にもしていないんだけど僕は。縁だよね。

名越　結ばれちゃうとそういうことが起こるんですよ。

――縁ですよね。

名越　僕は「縁とは物理学」だと思うんです。僕たちの物理学は狭量な範囲で物理学と言っているけど、もしかしたら養老先生がまいた種が大きな寺になったのは、ある種、物理学かもしれないなって思います。

養老　そうですね、やっぱり不思議ですよね。

名越　そこと同じ理屈が働いてると考えた方が自然な気がするんです。

養老　ちょっとトイレに行ってきます。

（鎌倉市の養老邸で行われた対談。養老さんがお手洗いに立ち、しばらくして、みかんを持って戻ってきた）

養老　「自分の分だけみかんを持ってくるのもどうかと思ったんだけど、みなさん四人分はなくて三個しかなかった。どうぞみなさんで」

一同　（恐縮して）ありがとうございます。いただきます。

現代人の自我はものすごく縮小しちゃった

（ふと庭をみると台湾リスが木々の間を自由に動き回っている）

養老 （ふさふさした尾っぽの台湾リスを見ながら）ああいうのを無心というんだよ。何の苦労もなさそう。

――ああいう生き方いいですよね。リスに果たして自我はあるんでしょうか。そもそも、なぜ人間に自我があるんでしょうか？

養老 副産物でしょう。脳みそがデカくなった結果、自我ができちゃったんですよ。生物って大体はそうです。何か目的があってできているわけじゃないから。目的があって二本足で立ったわけじゃない。時代によって説明の仕方が違う。

今は統計的に説明するのが、正攻法なんだ。だから、勝手に、偶然にいろんなものができちゃって、それで必然的に適応したものが残ったという考え方をするでしょ。時代によって偶然から必然が生まれてきちゃうんですよ。

現代人の自我が、ものすごく縮小しちゃったことがさっき話題になったけど、ここまで縮めていいもんかと思うぐらいだよね。このみかん一つ取っても、誰かが作ったり、何かの加工品にしたって、誰かが手を加えて、お店まで持ってきたんだから。

環境問題なんか典型的にそうで、さっきも言ったとおり環境と自分って本来は境がないんですよ。山だったらどこまで自分だと思ってもいいわけで。山は別に誰の持ち物でもないんだから。それをケチケチして、自分の皮膚の中だけが自分だと、子どものときからしっかり教え込まれてしまうから、そのちっぽけな自己に頼らなきゃならなくなったときに、ものすごく頼りなくなっちゃう。

それこそご先祖さまにずっと儀式的にでも手を合わせていれば、先祖と繫がってると思えるわけでしょ。いわば昭和天皇のような感覚。何を言いたいかというと、昭和天皇は神様にされてしまったわけでしょう。あの状況の中で「戦争をやめる」なんてことを言えるわけもない。よく精神的におかしくならなかったと思いますよ。なぜおかしくならなかったのか。絶対西洋的な自我とは違った自我があるからなんですよ。

名越 それは先祖とつながっているという感覚。

養老 先祖と繋がっているその一部が自分。それを全部逆に大きくとって、自分に取り込んじゃってもいいんですよ。それを完全に取り込んじゃう。ブータンなんか、生まれ変わりの仏教だから。あんた誰かの生まれ変わりなんだよって。

――自分は先祖と繋がって生きているので、自分があああいう判断をしたり、振る舞いをしたりしたのは自分のせいじゃなくて、その先祖からのものであると。

養老 そうそう。だからブータンではあんな形式的なことを年中やってられるんだよ。

周りに要請されたら、その通り動くでしょう。僕が仕事を断らないっていうのと同じ。

名越　なるほど、必然的に立ち上がってくるものは遠くからの縁かもしれないと。素晴らしい。そういうことに気づかせてくれるんだから、ブータンに行くのはいいかも。

養老　行かなくても考え方だね。それを誰がどう変えてくれるか。

十分間座るだけで頭が切り替わるお寺はタイパがいい

名越　いま思い出したけど、僕が東京へ出てきてすぐは、やっぱり多少アイデンティティ障害でしたよ。普通に診療して精神科医として生きていくんだ、と思ったら、急に東京で仕事したいなと思って上京したんだけど、自分が何をやっているのかがわからなくなってきたんですよ。

当時、大阪に帰るのは月に二回ぐらいだったかな。正直、ツラくてね。僕は近くの恵比寿のお寺に週に三日ぐらい行ってました。とりあえず本堂で般若心経を一巻唱えて、何となくそこの阿弥陀様をじっと見て、「大丈夫」って自分に言い聞かせて、それから仕事に行ったりしてました。

お寺がそこここにあるんだし、神社でもいいから、行ってみるのは一つの方法だと思います。そこで先祖と繫がるとか、あるいは悠久の存在としておられる仏さんと自分が繫がるっていう感覚を持ったら落ち着きますよ。もし、自分が東京に出てきたとき、近くにお寺さんがなかったら、僕はやっぱりだいぶ苦しかったと思いますよ。お寺に通っては本堂で、何となくポカンと座ってましたもん。それがね、三年ぐらい続いたと思います。

養老　五十六億七千万年、頑張ったら弥勒菩薩が（笑）。

名越　そうですね、五十六億何千万年たったら、弥勒菩薩がこの世に降りて、すべての衆生を救ってくれる、という信仰がありますからね。ただ、それぞれのご縁が満ちないとね。近くにきっとお寺があると思うんですけど、週にいっぺんでも騙されたと思って十分間座ってみる。お寺の本堂で気持ちええ空気やなと。とりあえず座るっていうこともいいと思います。

——お寺とか行かないかもしれない。仏さんを前にして「タイパ」っていうのもどうかと思いますけど、かけた時間によって、どれだけリターンを得られるかみたいに考えちゃうんじゃないかな、とくに若い人たちって。とにかくすぐに状況を変えたいみたいな。だからお寺で週に一回、とか言われてもピンと来ないかもしれないですね。

名越 えっ？　お寺はタイパいいのに。十分間、座っているだけでぱっと頭が切り替わるからね。

養老 お寺ってそのためにあるんだよ。そう思っていないんだ、日本の今の人は。もしかしたら、キリストの教会の方がそういう存在として機能してますね。教会に入ると、すっと何か違う空間があるから。

名越 切り替えることができますね。お賽銭して神頼みでもいいし、何かうまく生かしてくださいと。切り替わったら結構うまくいくんですよ。

気持ちがざわざわするときには、大きな木に抱きつきなさい

養老　でも、いま僕が住んでいる鎌倉なんて、観光客でごった返しているからね。若い人の観光ブームってのは僕は一種の宗教ブームだと思っているんだけどね。宗教的雰囲気を探してるというか。世界中そうでしょう。イタリアもそうだけど、観光で有名な都には教会がある。宗教的雰囲気を求めてくるんです。

――宗教的なものに触れて、何を思っている？

名越　ちょっと安心したい。

養老　いわゆる癒しってやつじゃないか。

名越　癒しだったら森の中に入った方が絶対に癒されるな。癒しだけだったらね。宗教には宗教の良さがあるけど、癒しはやっぱりちょっとこんもりした森の中を歩いた方が絶対いいと思うけど。

養老　それ両方一緒にしているのは隠岐の島町でしょ。大きな杉に注連縄《しめなわ》をつけて、全部神社にしちゃっている。

名越　あれは人気が出るかもしれませんよ。注連縄にしたら宗教儀礼になる。

養老　依《よ》り代《しろ》ですね。そこに神様が降りてくる。大木ですから、そこまで生きてるってだけでやっぱりね。

名越　千年生きてるとか。ああいう大きな杉に注連縄をしているというのは日本だけだから、海外の人なんか喜ぶかもしれませんね。あれはなんだと。

養老　日本にはそういう観光資源は山ほどありますよ。

名越　注連縄をしている木は百万本ぐらいあるのかな。

――よく、そういう大木に触ると何かエネルギーがもらえるとか言われますね。

名越　ホッとするとか言ってね。僕自分もいろんなところにそのことを書きました。気持ちがざわざわするときには大きな木に抱きつきなさいって。僕はなりゆきで書いたのに、それがフィーチャーされて、「先生、なんで木に抱きつくんですか？」って。なんでって、実際にやってみたらホッとするでしょうとか言ったんだけど。

特に日本人には自然と一体になるという文化的遺伝子がありますよね。だから御説法を聞くというんじゃなくて、そういう雰囲気に浸れる場所を探してるんじゃないですか。

養老　京都、奈良、鎌倉はその典型でしょ。雰囲気だけですから。何があるってわけではない。

名越　御利益をということで行く人もいるでしょうけど、ほとんどの人は観光じゃないかな。空気を吸いにいく……そんな感じ。日本人の自然観というのか、文化的遺伝子には強靭にあるのかなと。

それにしても、さっき「タイパ」って言葉がでたけれど、いまの人はすぐに「どんな効果があるのか」と聞きますね。

養老 ほんとにそうだね。虫を取りに行ったところで、健康にいいというデータの裏付けはないし、子どもの偏差値があがるわけでもない。一つ言えることは「黙ってやってみなさい」。

名越 その言葉に尽きますね。「ただやること」が大切なんです。仏教の「行」、具体的にいえば座禅や滝行ですが、これらに関しても、やってどういう効果があるかなど、一切示されません。とにかくやってみろですけど。

もともと人間は自然を眺めて生きてきた

――養老さんがさきほどからおっしゃっているお寺の捉え方ですが、それは、同じ世代が比較的共通して持っているものですか？

養老 僕が勝手に思っているだけ。ただ、お寺がそういうふうに機能しなくなっちゃったのは日本だけでしょ。（瀬戸内）寂聴さんじゃないけど、わざわざ出家しなきゃならない。でもお寺って、そんなとこじゃないですよね。〝大通り〟みたいなもので、誰が通ってもいい。

名越 いまの人は気分を切り替えるってスイーツ食べないとできないと思ってるからね。神社やお寺に入って、空気を感じ取ることができたらもっと楽になると思うんですけどね。さっきまですごく重たく感じたことが、仏さんの前で座っていたらどうでもいい問題に感じ始めたぞとか。人生の節目で、そういう切り替えって必要じゃないんですか。今の人はどうやっているんだろう。

養老 でも最近はお寺が拝観料を取るでしょ。だから、お寺自体が社会的な役割を放棄したのかね。拝観料を取るというのはそういうことでしょ。用もないのに人が入ってくるってことを歓迎していないわけだから。われわれが子どもの頃は、しょっちゅう寺に勝手に入ったり出たりしていたものだけど。

名越 ほとんどのお寺は、基本的に仏さまのおられる場所です。言ってみれば「仏さまの家」。ですから仏さまがお金を取るっていうのもおかしい話なので。仏さんに会いに行くわけですから。住職に会いに行くわけじゃないから。僕がお寺に行くと、関西の住職さんだったら、「よう、お参り」って言わはる。「よく仏さまに参りに来てくださいましたね」ということです。お参りの最中、絶対に邪魔しはらへん。仏さんと何かしてるんだろうと、そっとしておいてくれます。

養老 みんな、そういう関係を持ちたくないんですかね。

名越　仏さまと会話するということですよね。

養老　わけわからないものと関係を持っておもしろいかもしれないんだけどね。仏さまでなくてもキリストさまでもなんでもいいわけでね。

名越　それにしても、みんな何をして気分を切り替えたりするんだろう。映画とかドラマとかをテレビとかパソコンなんかでみたところで、同じ部屋ですからね。それってあんまり切り替えられないような気がします。養老先生がよくいう「接地」をしていない感じがするんだけど。

養老　いまの人たちの多くは、質量のある物質的世界に「接地」していない。それぞれの人の身体感覚に裏打ちされていないんです。接地していないから、宙に浮いた感覚になっている。そういうのが「脳化社会」の典型例です。脳化社会でよくみられるのが、「ああすれば、こうなる」と因果律で捉える考え方。論理などで予測可能な範囲で捉えてしまう。そうした方法で捉えられないものは排除していくんです。だから僕は、「地面に張りつけ！」とずっと言い続けているんですけどね。

――星をみていたら、吸い込まれるような感覚になるときがありますよね。いい気分転換になります。

養老 もともと人間は自然を眺めて生きてきたんだから。

名越 そういう風に思うようになったのはここ五十から六十年の間だから。僕が生まれた頃はあちこち田んぼだらけだった。すごい特殊な状況ですよね。

養老 都市化が早すぎたんだよ。

名越 僕なんかは、大阪に帰ると、熊野（三重県）に行ったりしますね。一週間大阪に帰ったら、二回ぐらいは奈良の吉野とか二上山《にじょうさん》（奈良県・大阪府）とかに行って、山を歩いたりお寺に行ったりします。でないと身がもたないから。皆さんはそういうふうな生活をしないで、同じ人とずっと付き合っているでしょう。すごいなと思う。しんどくないかなと。

養老 一人でキャンプしてる人もいるよね。あれもいいんじゃないか。いっそのこと、ブータンに行ったらいいんだよ。

名越 確かに！　ポカーンとできる場所で時間稼ぎするのもいいかもしれない。

養老 言葉は通じないし。日常英語は通じるから大丈夫ですよ。

名越 ポストフォンする、つまり延期する。逃げ込んでボーっとできる場所とか、いまなくなったからね。昔だったら、大学のクラブの部室とか、タバコを吸ったりするような場所やたまり場みたいな場所があった。

脳をマッサージする場所に行くとホッとする

養老 ときどき散歩するんだけど、鎌倉みたいに戦前からある地域は、地形に沿って道があるから歩いていても楽しい。ところが新興住宅地は碁盤の目になっているから、散歩してもつまんないんですよ。

名越 ネコなんか、道を完全に無視しますからね。うちの実家のマンション近くに三匹のネコの兄弟が住んでいるんですけど、どんなに碁盤の目に整備された町でも、ネコは斜めに横切ってビルの隙間に入っていく。それが一番いいんですよね、楽しそう。僕も一緒になって歩きたいぐらい。でも人間ってつい地形に沿って退屈に歩くから、疲れちゃうんじゃないかな。

――確かに鎌倉はちょっと入るとぐにゃぐにゃの道があって、どこから来たか、わからなくなることがあります。

養老　そう。

名越　脳がマッサージされるんですかね。僕も二ヶ月に一回ぐらいの割合で、福岡に行って、篠栗町《ささぐりまち》（福岡県糟屋郡《かすやぐん》）っていうところに泊まるんです。人口三万人ぐらいの町でね、一つの町が八十八箇所巡りのお遍路道を二百年近く守っているんです。やっぱりそこ行くと、まっすぐな道がないから、それだけでホッとしますよ。

以前、（美術家の）荒川《あらかわ》修作《しゅうさく》さん（とマドリン・ギンズさん）が岐阜県養老町に作った「養老天命反転地」に行ったことがあるんです。まっすぐな道どころか、平らな道がいっさいない。道がありえない形についているから、歩いていても、この道を上がっていったらどこに出るのかさっぱりわからない。おもしろくて、僕、二回行きましたけど。下手したら骨折しますからね。

養老　工事の人が何人か骨折したとかって聞いたことがある。

名越　すり鉢状になっていて、おもしろいデザインの建物がいくつか建っていて、それが道で繋がっている。平地がまったくありませんからね。とりあえずここは平地だと決めるしかないみたいな。思わず腕を広げてバランスをとったり、壁に手をつかないと転んでしまいそうになる。「急に歩けなくなった」という人もいますよね。とにかく平地の感覚が狂っちゃうんですよね。平地だと思っていると、実はそこが傾斜地だったり。実際に見えるよりもはるかに急だったりする。

養老　ころがり落ちてしまうかもしれないよ。

名越　ほんまにころがり落ちますね、気をつけていないと。

養老　あそこはときどき行ってみるといいですよ。

――最近はインスタ映えするので、けっこう観光客が増えているみたいです。

養老　危ないから、年寄りには向かないけど。

名越　歩いているうちに、俺、こんなに歩くの不自由だったかなっていうくらい目算が狂うのが楽しい。これぐらいの坂、降りられるはずだと思っていたら、ドーって急勾配になってたり。

――唐突ですが、養老さんは、生きるうえで思い悩むことはありますか？

養老　ありますよ。基本的にマイナスイメージがあるのは人間関係だけ。

――人間関係の何に悩むんですか？

養老　家族。悩んでいるっていうわけでもない。〝しょうがねえな、またかよ。面倒くさい〟っていう感じ。

――生きるうえでの悩みはない？

養老 育ってきた頃にくらべたら平和だからね。生きるための問題はあんまりないんじゃない？　食い物がないとか悩むことはないしね。

名越 人間関係、僕もそうや、月に一回ぐらいは人間関係で悩む。たとえば番組で、こういうことについてコメントしてほしいって言われたとき。テレビはただで見るものじゃないですか。本当は専門用語とか、ほぼわかってもらえないから、どこまで噛みくだけばいいのか。これも広い意味の対人関係でしょ。どうやったら勘弁してもらえるか。それですごい落ち込みます。

養老 でも、なるようになるんだよ。なるべくしてなる、というのか。でも戦後、アメリカから違う考え方が入ってきたでしょ。絶えず選択することで人生が決まっていくという。たとえばAとBという選択肢があって、正しい選択をしていけば夢をつかめる、でも間違った選択をしたら惨めな人生が待っている。「自己責任」という言葉と繋がっているんだけど、いまはこの考え方をする人の方が多いかもしれない。でも僕がこれまで生きてきた実感としては、そうじゃないんだね。なるようになる、という考え方がしっくりくる。多くのことと整合性があるような気がするんです。

名越 なるようになる、というのは養老先生がよくおっしゃるんだけど、やっぱりあの戦争をかいくぐって来てまだ日本が存在している、ということとか、虫や生き物がひどい自然環境を何億年も経て生き続けていることに対する信頼とか、そういうことの折り重なった実感があると思うんです。僕も同じ考えです。世間とか社会というレベルではない、生命自体の根太さというか、潜在意識の強さというようなものが生き物にはあって、それを信じておられる気がします。

第五章

「現実」ってなんですか

ＡＩが現実とどう繋がっているかは読めない

――接地問題でいえば、生成ＡＩ、ＣｈａｔＧＰＴが短期間に人々の生活に入り込んできましたが、どうお考えですか？

養老　嘘だと思っている。

使ってみたけど、わりと真っ当なことを書くんだな、と感心はしたけど、いくら〝それらしい〟応答をしても、言語体系や文法なんかのルールにしたがって、人間が投げかけた質問に対して、可能性の高い文字列を並べているだけですよ。導き出された単語の背景には、ＡＩの経験や感覚が裏付けられているわけではない。人間の問いの意味と意図を理解していないということなので、接地していないわけです。結局は、精巧な道具に過ぎないなという印象でしたね。

言い方を変えれば、物質の世界があって、それをChatGPTが情報の世界に持ち込んでるでしょ。持ち込んだ情報の世界は脳みそだから、ある一定のルールがあるわけです。するとChatGPTの世界ができてくるんですよ。その世界は言語の世界・言語のルールにまったく反しないように動いてるわけだから。そこで作られる情報というのは、何の創造性もない。二つの世界をまたいでいない。二つの世界というのは、見えていて物質のある世界と、もう一つ見えない世界、つまり情報の世界。見えていない世界の中だけで動いているのがChatGPT。だからChatGPTが、いわゆる現実とどう繋がっているのかってのは全然読めないんですよ。

名越 広大な世界だけど閉ざされた世界なんですよ。

養老 だからそろそろ世界をちゃんと分けて、考えた方がいいかなと思っています。

カール・ポパーという科学哲学者がいるんです。

物質の世界を彼は、「世界1」といった。テーブルや椅子、コーヒーカップといった物質の世界。

そこから情報を取り出して構築した世界。一般的に理解されている科学みたいなもの、それを「世界2」と言った。言葉の世界や数学の定理などもそう。

そういうものとは別に、個人の中に閉ざされている心の世界がある。それを「世界3」と言ったんです。この「世界3」は、けっこう説明が難しいんだけど、その人にしかないもの、たとえば、(脳科学者の)茂木《もぎ》(健一郎《けんいちろう》)君がいう「クオリア」なんてものはそれに当てはまるでしょうね。この菓子は甘いなと誰かが言っても、その甘いがどういう甘いか、お互いわかんないという実感ですよね。そういうのが存在することは確か。

こうした捉え方は、あくまで私流だから、ポパーが示すことを正確に再現しているかどうかはわからないんだけど。

本来、自然科学というのは「世界1」を「世界2」に移し替えていく作業だと。それが進むにつれ、「世界2」の中にある「世界1」の像ができてきた。その像から、「世界1」に干渉(フィードバック)する。それを「技術」と言っている。それがいろんな問題を起こしてるんですよ。「世界2」が仮想の姿を作っちゃったから、「世界1」がそうなってるっていうんだって勝手に思いこんでしまった。

名越 わからないことだらけなのに、わかったと思って、さらにそこから確定事項を社会の規範にしてしまったり、という感じですかね。

科学はすべてを説明しない

養老　科学者に、「科学がすべてを説明するか?」っていう質問をしても、「しない」っていうでしょうね。「するはずないだろう」と。そのことが、二〇世紀の最後の頃に出版された『科学の終焉《おわり》』(徳間書店)という本に書かれている。世界のノーベル賞クラスの学者二十五人ぐらいにインタビューして、二十四人の科学者は「すべてを説明しない」と言っているんです。

名越　「世界1」と「世界2」はくっついていたんだけど、それが「世界2」の側に遊離してしまったんですね。

それがあたかも「世界1」であるかのように説明されたと。そうすることによって自分たちが権威として君臨していられるから、余計そういうことになってしまいますよね。

養老　本人たちはそう思っていないだろうけど。

名越　本人は世界を救ってると思っているでしょうね。

養老　筑波大学の落合陽一《おちあいよういち》君と数年前に会ったとき、「世界１」っていうのを「質量のある世界」、それからもう一つを「質量のない世界」と分けていて、これは現代的におもしろいと思った。

以前は質量のない世界が見えないものだから、そのルールを何とか探しだそうとする努力が大部分だったんだけれども、そのルールがかなりわかってきてこちら側におぼろげながら、その「世界１」の像ができてくると、こうなってるはずだっていうんで、「世界１」をいじるわけです。技術で。ところが全部読めているわけじゃないから、いろんな破綻が来るわけで。そのあたりが溜まりに溜まってるのが今の環境問題だよね。

最近おもしろいと思ったのは「世界３」と「世界１」が直結することがあるっていうこと。間に「世界２」があるでしょう。本来は「世界２」に行くんですが、それがいらないっていうことがある。たとえばネコ好きの人が、「かわいい」と言うでしょう。あの感情には「世界2」はいらない。

名越　「かわいい」っていう言葉で、共通理解してると信じているんですよね。「かわいい」が万能化して。

養老　僕はときどきネコの説明させられるから、かわいいだけではいけないんだけど。だいたい「世界2」にすることを拒否すると、商売にならない。商売にするには「世界2」にしなければいけないから。いまは「世界2」の問題ばかりでしょう。AIなんかはその典型です。そういう環境にみんな疲れちゃったんじゃないかな。みんなネコがいいとなっている。

――確かにそうですね。

養老　科学のプリミティブの段階では、「世界1」に属する身体と、「世界2」は科学研究、典型的なのは論文ですよ。ずっとその間を往復してきたわけです。解剖学も人体を言語化して記述するという作業を繰り返してきた。つまり「世界1」と「世界2」を往復してきたわけです。虫も、いじっては分類をやっている。目の前の虫は何という種なのか。いくら調べても名前がわからない場合は自分で名前をつける。新種ということになるんだけど、やっていることが素朴でしょ。そんなものは科学じゃないと言われて。繰り返しになるけど、科学というのならば、やっぱり実験室でいじらなければいけないというのがいまの風潮なんだ。

名越 ファーブルとかはダメなんだ。

養老 ダメ、科学でもなんでもない。

名越 それはちょっと偏りすぎやな。

養老 しかも科学自体がシステム化されてきていますから、科学者もポジションを得るためには、システムの中で、システムが推奨するやり方で、仕事をしなければいけない。

名越 ここを埋めなさいみたいな。全然興味とは関係ないことをやるわけだ。

養老 学問の自由なんて、ほんとにスローガンもいいところでね。現実にはそんなものはなにもない。

名越 歯車にされてるんですよ。

養老 本当に科学者は自由に研究してるって思っているのかな。要するにテーマを選ぶときから、自分がシステムのどこに入るかっていうときにだけ自由がある。そこから先は自由がない。

それにしても、ポパーはなぜ苦労してそういうことを考えたんだっていうのは関心があるけどね。

名越 僕の聞いた話では、ポパーは元々アドラー心理学のカウンセラーになろうとしたことがあるんですよ。でも、アドラーのカウンセリングを見て、これは職人技やと。自分にはできないと思って、方向転換した。それで「科学哲学」を作りだすんですが、すごいですよ、天才ですよね。

養老 科学哲学って言ってますけど科学を本気で考えた人の一人ですね。あと有名なのは、反証可能性ってこと。反証可能性がない言明は科学ではない。

名越　すごいですよね、その切り口。反証できるからイエスって言わないですよね。一般にはそれを再現可能性って誤読してるっていうか、全然深さが違いますよね。

みんなが身体だと言ってるものはみんな精神

――名越さんが専門にされているのは「世界3」ですね。

名越　「世界3」だけを取り出して、「世界3」を触れ、みたいな仕事なんですけど、それはあまりに茫洋としてるので、僕は逆に身体に戻って考えるしかないと思っているんです。心を心のままに取り上げようとしても、心って瞬間瞬間で変わるじゃないですか。ものすごい速度で。仏教では譬《たと》え話かも知れませんが、心は光の七倍の速度で変わるという言葉もあるらしい。光の速さでさえ扱えないのに七倍なんてとても扱えない。

だから身体で考えましょうと。野口整体の総帥でいらっしゃる野口裕之《のぐちひろゆき》先生は、長く人間の身体を大自然と同じ全体性として捉えていらっしゃる方だと思うんですけれど、三十年前に初めてお話をお聞きしたときに僕にこう言われたんです。

「これからは精神の時代ですね」

一瞬、褒めてくれたのかと思ったんですよ。でもそうじゃないことはすぐにわかった。

「身体が完全に抜け落ちている。みんなが身体だと言ってるものはみんな精神ですよ。だから体の感覚をもっと深く知らないと今に大変なことになる」

という意味だったのではないかと思うんです。

〝体を目覚めさせる〟などと、雑誌の特集記事とか商品のキャッチコピーで煽《あお》るじゃないですか。でも、あれは身体のことではなく、もしかしたら全部精神のことなのかも知れない。身体だって言っているのは、身体という〝衣〟をかぶった精神ですよって言われた気がしたわけ。何年か前にショックを受けました。

養老　僕は、いまの医者が扱っているのは人工身体だと昔から言っているんです。検査の結果の数字で、意識的に把握された人工身体ですよ。基準値からどのくらいズレているかを見て、それを基準値内に戻すっていう医療をやっている。血圧とか糖尿値とか。

名越　それが、つまり身体そのものを見てなくて、身体にくっついた概念を身体だと思っているということですよね。養老先生がずっと扱ってこられた身体。これ自体も概念なんですよ。養老先生は解剖をすることで、人体のすべてを情報の世界に置き換えていったとおっしゃっていたけれど、概念ですよね。

たとえば三島由紀夫《みしまゆきお》の立派な美しいボディービルの身体。あれはまさに概念が支配した身体というか、ほぼ概念ですね。

三島がいま、生きていたら もうちょっと生きやすい世の中だったかも

養老　三島といえば、おもしろかった本があってね。（作家の）平野《ひらの》啓一郎《けいいちろう》君が三島の作品のテキストを徹底的に読み込んで書き上げた『三島由紀夫論』（新潮社）。小林秀雄賞を獲った作品ですよ。彼は、テキストから三島の生き方をさぐろうと思ったんだけど、いくら分析してみても、三島という「世界1」に存在している三島の状況ってのはわかんない。

平野君が書いているわけではなく、僕が気づいたんだけど、三島の作品には「花鳥風月」がないんだね。花鳥風月がないってよりも、わかってないんだよね、その世界が。

日本の伝統文化について彼は異常なぐらいに発言するんだけれども、花鳥風

月が抜けている。日本の文化から花鳥風月を抜いたらどうにもならんなと。つまり彼の文章には実感というものがないんですよね。つまり完全に意識的で、自然を排除している。

だから彼がわかった世界観というのは自分の身体だけ。身体も自然の一つなんだけど、その体自体がものすごい造形的でしょ。名越さんが言うように、ボディービルで鍛えて作り上げた。でもほんとうの武士はあんなにマッチョじゃなかったんだと思うんです。なで肩で太鼓腹みたいな人が多かったと思う。彼の頭の中にある武士像で身体を変えてったわけでしょ。言い換えれば、「世界2」のルールから、体という物質世界をコントロールしようとした。それがボディービルという科学技術ですからね。

それと同じことを、彼は小説でやった。つまり、三島の書く文章もＣｈａｔＧＰＴ的なんですね。彼の頭の中にあるものだけで小説を書いている。そこには実感がない。あえていえば〝三島ＧＰＴ〟。実は三島は今の社会にフィットする人なんですよね。もし三島がいま、生きていたらもうちょっと生きやすい

名越　世の中だったかもしれないですね。「接地」の問題も別に生じないから。流行りのスポーツジムでハードなワークアウトしていそう。養老先生のいまの話は象徴的ですね。

養老　三島の文章は「世界2」にきちんと入ってないんだね。「世界2」に入れば他の人にも通じるわけですね。

――三島は計算し尽くされた人だと聞いたことがあります。

名越　みんな計算されてるでしょうね。養老先生から見たら、なんかやっぱり……。

養老　「世界2」の話をもう一つすると、算数で習う「1＋1＝2」という足し算。学校で教えられるから、そういうものかと、何も考えずに計算しているけど、それはわかってると思っているだけですよ。だって、「1＋1＝2」をどうやって証明するのか。証明されたと思ってるのはどうして？

名越　リンゴ二つというけれども、大きさや形、重さが違うのに1＝1にならない。

だから2にはならない。もし同じリンゴが二個あれば二個になるけれども、揃っていないのであれば2と答えるのはどうか。わかった気になってるだけだということ。

養老 これは、「世界2」の話なんだ。そこに大手振って歩いているのは、「イコール」という概念だ。イコールってのは本当にタチが悪いので、人間だけが持ったんだよ。みかんが二個あれば、みかん二個だと言う。でも、一個一個のみかんに聞くと、「同じみかんだけれど、あのみかんとは違う」って言うよ。それを無理矢理イコールにすることで、人間の社会ができ上がってきている。言葉もそれでできてるんで。僕もわかんないんだよ。なんで、数学ってのは、自分で証明して自分で正しいと言ってんのかなって。証明してるのは自分だけなんでね。自分の世界の中だけで。

——養老先生、危険ですね。そんなこと言われたらわからなくなるから。

養老　俺は危険思想の持ち主だから（笑）。でも素直に不思議だなと思ったんだよ。なんで数学だけ自分で証明して正しいって言えるんだろうと。

名越　やはり深い確信があるんです、数学者には。数学者は物理学者のことをどこか訝《いぶか》しんでいるもの。あ、言いすぎました。

養老　中学生の中には「A＝B」なんてとんでもないと指摘する子がいるけど、その方が正しいんですよ。なんでAがBなんだと。イコールなわけねえじゃないかと。

名越　イコールっていうのは本当に魔物ですよね。あれで全部解消したような気になりますもんね。

養老　『プリンキピア・マティマティカ』（Principia Mathematica）っていう数学の基礎を書いた本があるんです。アルフレッド・ノース・ホワイトヘッドとバートランド・ラッセルが書いた本。その中で、「1＋1＝2」であることを証明するのに、一八〇ページを費やしている。

名越　僕はすごい理解できます。人間がやっていることには絶えず全方位性はない、限界があるってことです。認識能力には限界がある、とも言える。これは今では標語とか道徳になって完璧に去勢された言葉になってしまった。言葉も去勢されるんです。でも人間がやっていることは総じて実はホラーなんですよ。つまり一線以外はほとんどが闇。

いま、文化、文明が行き詰まっているから、当たり前だと思われることに、本当にそうなのと疑う視点を提示する人が必要じゃないですか。あるいは固定観念を壊したりする人が。

言語が現実を規定しちゃいけない

養老 いま日本語に悩んでいるんですよ。「憲法改正しなければならない」と正論を言う人がいるでしょ。そういう人に、言葉が現実をどのくらい規定しますかと聞くとそれについて直接答えなかったけど、前から気になっていたんですよ。憲法問題って結局そこでしょ。日本語で書いたときに、それを、みんながフォローするかどうか。現実がその言葉によってどのくらい規定されるか。日本語の世界でそれがないんだ。その典型は本音と建前です。

憲法第九条は建前扱いされているでしょ。さっき言った、「ぼっち食」の岩村さんが、日本の主婦の五〇パーセントは、実際に食卓の写真を撮って、日記を見ると、言ってることとやっていることが、一八〇度違うんだと。今度のは、二回目の調査をやったんでその結果なんです。おもしろいのが、薬剤師とか保育士とか、仕事上、栄養の専門知識を持っているはずの人の自宅の食卓が、本人たちが言ってることとやっていることがまったく違うんだというんです。

名越 それはもう本当に想像できます。そこを指摘されると大げんかになる。「あなたはいつも栄養のことを厳しく言っているくせに、なんでフードコートで子どもにファストフードを食べさせているのか」って知人が思わず言ってしまった。彼女も立派な主婦なんだけど、「私、もう主婦の間で完全に村八分にされた」と。

養老 いやそれはみんなそうなんやからって！ それって、憲法第九条と自衛隊の関係みたいなもんでしょう。それは建前とは言わないけど、口で言ってるだけでしょってなるんですよ。日本の社会にこれはしっかり根付いてると思う。言語が現実を規定しちゃいけないんですよ。それを〝杓子定規〟とか言うじゃない。そこをもうちょっと掘り下げて考えてみたいと思っているんだけどね。

名越 そこははっきり明文化しないと近代国家になれない。

養老 そう。人文社会系の人はそういう考えだね。そうしないと喧嘩に勝てないんだと思うんです。きちんとした整合性のある物語を作らなきゃいけない。その歴史問題を含めて中国や韓国にどう対応するのかという。

名越 一般的にリベラルだと思われている言論人と議論をしたことがあるんです。そういう人でもその問題になると、目を見開いて「自衛隊と憲法第九条との間に何の矛盾もない。整合性がある」とおっしゃる。

養老 内閣法制局みたいだな。

名越 けっこう感情的になる気がしたので、それ以上議論は無理だろうと思ってやめましたけど。

九条を守れ・九条改正のどちらかということではなく、実際にどういうことが起こっているかを議論したいんですよ。中学三年生でもそれはわかることじゃないですか。僕らの世代は、本音と建前があるじゃないかってところから話を始めたいと思っているんですけどね。

養老 毎年、国会はいろんな法律を作っているよね。いくらでも法が増える。

名越 ますます社会が息苦しくなってきますよね。実際にその法律はちゃんと機能しないで、息苦しさだけが募っているような気がします。

養老 法が有効になるためには、どうしなきゃいけないかっていう議論は、おそらく法学者はしないよね。僕は日本語の特異性にあるっていう意見なんだけど。日本語というのは、われわれの考え方を規定しちゃう。

日本語ってどれぐらい現実を規定してるのか。

それを実感したのは、オーストラリアでのこと。息子がオーストラリアで交通事故を起こして入院したので、オーストラリアに飛んだんです。人身事故で警察に報告しなきゃいけない。その報告書を英語で書かなきゃいけないことになったんです。それやろうと思って、ハタと困った。実際に英語でそういうことをきちんと書こうとすると、非常に具体性が高いんですよ。英語という言語は、証言主義なんだなと思った。証言が重要視される。具体性が高いから、英語できちんと表現すると、もし嘘をつこうものならバレちゃう。だから、英語で書こうとすると、自分に都合の悪いことも書いてしまうんだよね。そういう言語だということに気づいた。

それにくらべて日本語というのは極めて簡単で、私は悪くありませんって書きゃいいわけです。だから日本語というのは自白主義なんですね。「語るに落ちる」という表現があるでしょ。言っちゃいけないことを、つい喋ってしまう。だから自白優位になった。

英語を使うと証言主義になって承認主義になる。なぜかというと自分に都合のいいように事情を言おうとすると、具体性が高いから、真っ赤なウソをつくしかない。だから彼らは真っ赤なウソをよくつくでしょう。イラク戦争のときもそうでしょう。

名越 大量破壊兵器を持っているとかね。実際にはなかったので、ある意味真っ赤なウソですよね。

養老 日本人はよく法律を守るというけれども、実際どうなのか。中国人はめちゃめちゃだもんね。オーストラリアで運転免許を取ったときに、僕が街中を運転している間、隣に教官が座っているんだけど、教官と話をしているうちに、教官が僕に筆記試験・学科試験で一番成績が悪い人たちはどこの連中がわかるかと聞くんだね。それは中国人だと。じゃあ満点というのは誰ですか？　と聞くと、日本人だと。日本人というのはまじめだから、法律の試験では満点とるんですよね。しかしその裏は法律は守らないっていうこと。

大地震が起これば、日本人の暮らしは変わらざるを得ない

――首都直下地震や南海トラフ地震が来ることについて、リアルに語られるようになりましたが、養老さんはことあるごとに、地震に言及されています。

養老 京都大学などの研究者が、過去の地震から推測すると、二〇三八年頃に南海トラフ地震が発生するというんです。それにしたがえば、最短で、あと十四年しかない。

名越 鎌田《かまた》實《みのる》先生（諏訪中央病院名誉院長）も、南海トラフ地震は必ず来ると言っておられました。南海トラフ地震があると、太平洋側全部やられてしまうので。

養老 安政元年（一八五四年）の大地震では、紀伊半島南東沖から駿河湾までを震源地

とする東海地震が十一月四日に、翌五日には紀伊水道から四国沖までを震源とする南海地震が起きましたよね。

名越 富士山は、噴火の周期を一回スルーした。つまり飛ばしている。最近は富士山が爆発してないでしょ。だからエネルギーがたまりまくっているんですよね。富士山の噴火は可能性が高いとも言われています。

養老 そこをまず生き延びないといけません。地震の災害から生き延びるのではなくて、その後にいろいろな変化があります。社会も大きく揺れると思います。その揺れに対して、ちゃんとに適応していかなければならない。地震以降の日本人の暮らしは、相当変わらざるを得ないと思うんですね。

まず、東京都内は大変ですよ。東京みたいに流通に頼っている都市は一番弱いですね。流通がズタズタになるから食糧が消えます。首都圏であれだけの人口を抱えて、仮に流通が止まったとすると、どうすればいいんだろうっていうことになる。

名越 そうですね、道路が寸断されて、物を運べないから。地下鉄も全部もちろんだめだし、震災で助かったといっても、そのあとのこと考えたら難問だらけ。そうですよ。水道関係もかなり損傷しますから、水洗トイレは使えないでしょう。アウトドアの能力が役にたちますよ。火をおこすとかね。山でのサバイバル術も役に立つかもしれないけど、山なんかには、ロクな食べ物がないからね。

養老　ネズミならとったことあるけど、食べれない。

日本人の身体の六割は外国産食物でできている

――米屋さんとか食糧が保管されているところは襲撃されるかもしれないですね。

養老 それが問題なんですよ。食糧がなくなったときにどっかに貯蔵されていることがわかると強奪されるでしょう。歴史を遡ると、天変地異が原因でお侍の政権が成立したんです。平安時代は文字通り平安だったんだけど、天変地異が起きてぐちゃぐちゃになった。鴨長明の時代ですよ。飢饉《ききん》が起きて、都を維持するためには食糧や物資を運ぶ必要があるわけです。すると、それを山賊や海賊に襲われるんです。それで侍が力を増していくわけです。

名越 いまでいえば、警備会社ですね。

養老　そういうときに一番強いのは、やっぱりローカルで自給している地域ですね。都会に住む人もどこか逃げる場所を決めておいた方がいい。いきなり行ってもダメだから、いまのうちに畑などをやっている人をみつけて、ときどき手伝いに行って作物を栽培するという交流や体験を積み重ねていった方がいいですよ。

名越　養老先生はずっと前から、「〝参勤交代〟のススメ」を提案されていますが、かなり真剣に考える頃だと思いますね。

養老　自主防衛するしかないですよね。農家がいる地方で定期的に住みながら農作業をして、また都会に仕事に戻る。年に三ヶ月ぐらいね。田舎の難しさもわかると思いますけど。

農業だけでなかなか現金収入が稼げない人であれば、農業以外の仕事をする兼業農家でもいいわけです。極端な話、農家は全部兼業でもいいと思いますよ。現在も農業をやっている人はそれを続けてもらって、農地として機能してない多くの耕作放棄地に、たくさんの人が入って栽培をし始めたら、日本の食料自給率の低さなんて何の問題もなくなるんじゃないですか。

名越　みんな炊き出ししたり、芋を育てたり。一見悲しい話のように聞こえますけど。人の哲学が変わったりするのは結局地震とか津波とかに遭遇してからという。そういう目に遭わなければ人間は主体的に考えないという厳粛な事実としてとらえるべきですよね。

養老　やむを得ず自分が生きていくために、最低限必要なものを自分だけで作り出そうとしたら、持てる物は少なくなりますよ。でもある意味で豊かでしょう、余計なことを一切考えないし。全部必然性がある。自分にとって必要なことをするわけだから。生きることすべてが、自分にとって必要なこと。

いま食料自給率は、カロリーベースで四割でしょ。ということは皆さん、六割は外国産のものを食べて生きているんですよ。どこが日本人なんだよって（笑）。これは動かしがたい事実でね。自分の身体の六割は外国人だって思ったことあります？　ひょっとしたら中国の田んぼと畑で育ったものが体の大部分を占めているかもしれない、身体ベースでいえばね。

名越　わずか百年前にはそんなことはなかったでしょうね。中国に行ったら懐かしく感じるかも。

――参勤交代をすることで、感覚がリアルにならざるを得なくなりますね。

養老　そう。

関東大震災が日本を戦争に突き進めた

名越　養老先生は以前から著作で、天変地異によって歴史が大きく変わってきた、政治・経済・社会の形態が変わったんじゃないかという話をされています。

養老　もし関東大地震がなければ、大正から昭和恐慌をへて、戦争を回避して、上手に切り抜ければ、戦後のバブル期ぐらいまでずっとうまく経済をいい状態でコントロールできたと思うんですよ。だから、なんであんな戦争をしかけてしまったんだろうと考えるわけです。そのとき、きっかけになったのはやはり関東大震災以外考えられない。あれは相当ダメージだったんですよね。一晩で十万人が亡くなった。それは大変な死者数ですよ。しかも首都で起きたわけだから、政府の人たちはその悲惨な状況を見るわけです。そうすると〝人が死ぬこと〟

に対する感覚が鈍るんです。もし大地震が他の地方であれば、そう変わることはないんだけど、自分の目の前で起こったことによって、考えていることなんてガラっと変わっちゃうんです。

名越 死ぬことに対する感覚が鈍る、という関東大震災の意味づけはとても重要ですね。確かに死ぬことに対する感覚は、何かあればすぐに鈍ってしまうような気がします。だから古代においても生と死の一線を神話などで繰り返しタブーとして禍々《まがまが》しく描いたのでしょうか。感覚がすぐ鈍ってしまうから、危なっかしいので常に発煙筒を焚いておかないといけない。考えてみると、ここら辺の危険さはフィクションとはいえ、漫画などの表現のいたるところに露出しているんですけど、それを我が身に引き寄せて今一歩考えないですよね。

あと、ガチガチになったシステムのほうも地震によって壊れますね。

養老 壊れてくれればいいと思うけど、それどころか、壊れないで残ったらどうしようと。

名越 それが増殖して増殖してまた元の形に戻ったりして。

養老　悪いものだけ生き残ったりしてね。

名越　そういうのをディストピアっていうんでしょうね。

養老　既製のシステムがかなり壊れたときに何が必要かを考える。まずは食っていくことに、軸足を衣食住に戻すということだよね。それを自給するような形の社会ができれば、世のため、人のための仕事がよく見えるしね。少人数の村だったら、お前がいないと困るんだよっていうのは、みんなでわかるはず。今なんてめちゃくちゃでわからないでしょ。若い人などは、自分なんかいてもいなくてもいいんだと思っている。それで死ぬんだよね。

名越　最近、「精神病」前夜で止まっている軽い心の疾患にかかっている人が、すごく増えている印象があります。

養老　香山《かやま》リカさんがしばらく前に、軽い症状の人たちが増えちゃったと言っていたね。例えば妄想とかそういう症状はなくなって、そこまでいかない人が増えたと。

名越　統合失調症の典型的な症状っていうのは、二〇〇〇年になってから、ある意味で軽症化しているという指摘もあります。大胆にいうと、その軽い状態の人が広がってるかも知れないと思うんですよ。

――コロナ以降はとくに、若い世代が地方に移り住む傾向があります。

養老　おもしろいのは、過疎の地域に若い人が入ってくる事例がありますね。どういうところに住むかというと、限界集落のさらに外側というか奥。要するに、かつて人が住んでいたんだけど、住む人がいなくなって、現状住んでいる人がゼロになってしまった地域。やっぱり近くに誰か人が住んでいるとイヤなんだろうな。島なんかはたくさんあるんだけど。

名越　神戸市の北部の団地などは、かつては人気があったけど、古くなっちゃっている。でも僕は寂しがりやから、コミュニケーションが取れるところに住みたい。そういうところだったらいいなと思うし。いっぱい空き家があるから。

第六章

「死ぬ」ってなんですか

死んだら抱えていた問題は綺麗に全部消える

――「人間ってなんで死ぬんですか?」と問われたら、何と答えますか?

養老 まあ、歳とったらわかるよ。こんなもん生かしたって無駄だなと思う。

――死ぬことは怖くないですか?

名越 三十歳の頃は、死ぬのが怖かった。いまは、死ぬ途中が怖いかなと思う。痛い目に遭うのが嫌だから。

養老 夜寝るでしょ。そのまま意識が戻らなかったらどうする? 保育園の子が言ってるよ。「死ぬのが怖い」って。僕は目が覚めなかったらどうしようって思わない。

名越　僕がずっと十六年間通ってたお寺のすごい和尚さんが、この間遷化されたんです。東京から日帰りでお葬式に行って座っていたときに、僕もこのままで一緒に連れてってくれたらどれだけ楽だろうと思ったけどね。

――死んだら星になると言うじゃないですか。そういうのを聞いていたらそちら側に行くのか、とか。でも考えていると、わからなくなる。

名越　星を見ながらずっと浸っていたら、だんだん慣れてくるかもしれないよ。

養老　あれも俺だと思えばいいじゃない。星が言ってるよ。遠くに置かないでくれってさ（笑）。

――自然と一体化する、いいですね。

養老 自分の場合はこのままいっても、低め安定で、そのまま低め低めをいくんだろうなと。

名越 テンションが高くて判断が早い人は社会的には目立つし重宝もすると思うのですが、そういう人ばかりだと切れ味は良いけれど、単純な価値観が幅を効かせるようになって、より賢い者の知恵に全部持って行かれるような気がして仕方ありません。

養老 きょう散歩してても、いろんな雑念が浮かぶんですよ。ほんとうに知り合いが大勢死んだなあと思って。同級生は何人も死んだ。僕の場合は、死がもっと具体的ですよ。医学部の同級生って付き合いが長いから、大学時代も長かったし、学部でも同じ時間を過ごしたし、その後もつきあいがあった。そういう連中がみんないないから、喋る相手がいない。何か言おうと思っても、みんな死んじゃったんだから。

それとね、あいつは、こういう問題を抱えていたなあということもときに思い出すわけ。でもさ、死んだら、問題も綺麗に全部消えたなと思った。

名越 その人がいなくなれば問題はなくなるんですよね。本当そう思いますよ。

養老 その人の胸にあった問題が、死んでしまえば消えちゃうんですよね。問題自体が根底から消えちゃうから。

名越 その問題が普遍的だと思っているでしょう。でもその自我があるわけで、自分が亡くなったらその問題もなくなる。あたかもその問題が確固としてあると思っちゃってるから。

養老 日本人の死の理想像ってね、西行と芭蕉に尽きると思って。うろうろして、どこで死んだかわからない。何が孤独死だよって。日本人の男は昔から孤独死に決まってんだって。あとは鴨長明。似たようなもんでしょ。方丈の庵をつくってしまったから。

名越 鴨長明は、悲惨なものを見すぎたっていうことがプラスされていそうです。

養老 そうですね。酷い時代だったから。

名越 ほんとうに酷い。そこが大事。

養老　西行は鴨長明よりも少し先輩だけど、いずれにしても大変な時期。でも芭蕉は天下泰平の時期。

名越　僕もできるだけ移動していたいです。同じ場所にいるのはイヤ。ずっと移動していたい。

生物はほんとに死んでいるのか

――「生物はなぜ死ぬんですか?」って問われたら、どう答えますか?

養老　（しばらく考えて）死んでんのかな、ほんとに。考え方次第でしょう。繋がってるじゃないですか、最後なんかね。

名越　あーー、なるほど。

養老　たとえば細胞って繋がってるんですよ。最近は情報化社会だから、ＤＮＡが繋がっているというんだけど、生物の初めからずっとＤＮＡは変わらない。生物の初めから変わらないものがもう一つあって、それは細胞そのものなんです。そうでしょう。細胞が再生して、それが受精卵になってまた細胞をつくって、一度も切れてない。死んだと思ってるのは、その個体をつくる生物ですね。個体が滅びるだけで、細胞レベルでは滅びないんですよ。

名越 そこまで広げていったら、「死ぬ」「死なない」の二択でいけば、死なない、ということになる。

養老 時代を遡ると、血縁が中心だったので、血縁共同体があった。そうすると、それは結局、共同体全体が血の繋がりになっているので、共同体の人は自分と同じなんです。だから個体の死というのは重要じゃない。天皇家がそうでしょ。ずっと繋がっている。

名越 Y染色体がずっと繋がっていると言わずとも。

養老 個体になぜ寿命の制限を設けたかっていう疑問があるかもしれないけど、それは別に作ったわけじゃない。自然にそうなったんだよ。

―― 人工的に生命を作ることは可能なんでしょうけれど、どうなると思いますか？

養老　いまのところはできてないね。もし作ることが可能になっても、やらない方がいいと思うよ。どうせろくなことにならないから。できることをやるっていうのが人間の悪い癖だと思ってるから。できるようになったら当分考えたらいいんだよ。

名越　五世代ぐらい考えたらいい。無理だろうけれど。

養老　人間は「できる」ってことをやっちゃうんだよ。なんだか知らないけど、悪い癖だよな。

日本のＧＤＰが上がらなくなった意外な理由

養老　でも珍しくやらないこともあったんだよね、日本人。日本のＧＤＰが全然上がらなくなって、ドイツに抜かれて四位（二〇二三年のＧＤＰ。ＩＭＦ発表）になったって大騒ぎしているでしょう。なぜそうなったか。大きな理由は公共事業をやらなかったからですよ。橋本《はしもと》（龍太郎《りゅうたろう》）内閣以降だったと思うんだけど、公共事業を抑制したんですよ。それが不景気の原因だと思う。

それは政府が独自に決断したんじゃなく、政治が国民の顔を見て決めたことだと思う。いつまでも田中角栄《たなかかくえい》式で開発を積極的にやって、自然をこれでもかこれでもかといじるのはもう駄目だろうということをみんなが知ったんだよ。それで公共事業を減らしたんじゃないか。そしたら当然ＧＤＰは下がりますよ。

名越　GDPがその国の幸福度的なものを測るということではないことに気づいて、日本人が最初に〝一抜け〟したかもしれない。

養老　GDPが下がってもいい、損してもいいから、無理な発展はしなくていいという判断を国民がしたのかもしれない。道路を通したり、大きな建物を作ったりするじゃないですか。すると自然を破壊するから、それで本当に良いんだろうかという疑問がわきあがってくる。自然保護のためにやめろって言うと、経済はどうするんだという反論はでてきますよ。でも、そのくらいの工事して一体どれくらい儲かるのか。

名越　多分調べられると思いますよ。実際に経済活動として成立しているものはどれだけあるのか。

養老　僕がその分払うからやめとけって。なにもしない方がいいだろうという。そうすると無駄な経済活動なんてしなくてすむ。

名越　無駄な経済活動ってどれだけあるんだろうね。

養老　中国なんて遥かに遅れて、高度成長した。でも日本だけだろう、エネルギーを使わないで公共工事を抑えて自然破壊も最小限にしているのは。国民の実質賃金が上がらないけど、国民は辛抱している。そのことを国連で日本の大使が演説したらいいんだよ。日本の国民は自然破壊がよくないことをわかってるから、やらないいんだよって。

名越 養老先生って若いころからそうですよね。論文を量産するのを途中からやめたでしょう。

養老 もう初めから嫌だった。

名越 養老先生はそこが一貫している。本性の部分でやらないよっていう。

養老 僕の本がたくさん出ているって言われているけどさ、それは出版社のせいだよ。やれやれというから。でも付き合いでしょうがないから。

昨日おとといと和歌山に行っていたから、きょうも（この対談をするために都内に）来たくないけどしょうがないから（笑）。

名越 ハハハハハ、もうヘトヘトですよね。

仏教はサバイバル要素が強い

名越　今回の対談では、仏教の話が随所にでてきましたが、こういう過酷な時代には、結構仏教はいいんですよ。仏教が生まれた時代を遡っていくと、かなりヒドい時代だったからです。

　インドの小国を支配する釈迦族が滅ぼされてるんです。お釈迦さまは釈迦族の王の子どもなんだけど、お釈迦さまが生きてる間に滅ぼされているんです。そんな時代を生きてきたわけです。だからそのときに培われた考え方だから結構サバイバル的要素はあると思うんですよ。

　釈迦族を攻め滅ぼそうとして、大軍隊が来たとき、その道端に座って三回行軍を止めたんだけど、四回目には止めなかった。伝承によると、それで釈迦族は殲滅《せんめつ》されたということなのでそういう状況をお釈迦様はつぶさにご覧になったかも知れない。そういうときにできた思想だから。強いですよね。そんなどうしようもない状態に置かれたとき、どうやって生き抜いたらいいかっていうところがやっぱり基盤にあるんじゃないのかなと。

その話を現代に生かすとすれば、「所属」というものを考えないことじゃないですか。初期仏教は、この世に所属していることすら否定するんです。身体もみな仮のもの。もっといえば魂でさえないと言っているんです。魂のことを「種子」といって、今までの業の積み重なったものが自分自身の魂だと思ってるだけで。それも全部離散すると。だからこの世に所属感なんかまったくないんですよ。

サンガという言葉、聞かれたことがあると思いますが、それは出家した人たちのグループですよね。グループの中に、一人ひとりが修行しやすいようにルールがある。あくまでも機能集団なんですよ。自由だけど、全部自己責任。ただ、そういうルールは日本には向かないですよ。

日本人にフィットしたのは、村人たちが困っていたら、相互扶助しましょうという形。あるいは人のために尽くしてあげましょうと。「出家したのだから、見返りを期待しないで人のために尽くしてあげましょう」というような制度ができ、それが大乗仏教的になってきたと僕は思ってるんです。でも、この世に対する所属感ないんですよね。この世に対する所属というよりは、この世は苦しんでいる人ばかりだから、その人たちに少しでも手助けしようということで、対等じゃないんですよ。自分はこの世に所属してないからこの世で苦しんでる人を、ちょっとはマシにしてあげる訓練をしましょうという。

養老先生はずっとお経を喋っているようなもん

――人のために役に立つ。

名越　菩薩とは、人のために生きるってことですよね。それが理想だと。養老先生はずっとお経を喋ってるようなもんですよね。どこかに所属していなくても、お経を唱えているような存在なんですよ。

養老　そうだよ、独り言だもん。

名越　地震のこととかいろんなことをお話しになる。タバコのことを話される。全部、結局お経を喋ってるようなもの。なんか言ったら、「浮き世の義理です」とか。要するに必要とされているから、それを果たすのがいいんだろうなっていう感じで生きている。これ菩薩道なんですよ。

養老 振り返ると、とにかく普通の人がぶつからないようなところでぶつかってきたんだ。いろんなことを考えて歩いてるから、人生を歩くのが容易じゃなかった。

名越 普通は食えないですよね。

養老 科学自体にその昔イヤになっていました。論文を書こうと思ったら英語で書けと言われるし。いまであれば、翻訳機にやらせればいいという話だけど、本当にそれでいいのか。哲学の中で、翻訳は果たして可能かっていう議論があった。そういうことは全部置いていくんですよ。

名越 そうですよね、大意が伝わればいいじゃないか、みたいな声を前にすると、そういう議論は忘れ去られる。本当は細部に宿るって言葉もあるんやけどね。

養老 人生、引っかかってばかりですよ。

――だから今の養老さんができたんでしょうけど。

名越　唯一無二の存在。

――だからお経になるんでしょうね。

名越　傷だらけ。

――傷だらけの和尚さんみたいな。

名越　最近思うのは、やっぱりまとまった答えがないんだって思うようになりました。ようやく納得の境地。ほんまに答えはないなと。

養老　仏教というのは雰囲気ですからね。雰囲気に答えはないよ。

――雰囲気ってどういうことですか。

養老　何となくこうだという。決まってるわけではない。

名越　構造があるように見せているけど、ないですよね。真言密教の世界観を表した「金剛界曼荼羅《こんごうかいまんだら》」には、こういう順番で悟りますって書いてあるんだけど、実際にはどういうところから学び始めたらいいんですかと、先頃遷化された和尚様に四十代の頃に聞いたことがあるんです。すると、ちょっと躊躇《ちゅうちょ》するような顔をなさってから、「いやあ密教はどっから入ってもいいんじゃ」って。そうなんやと思いました。

お経に答えがないのではなく、お経全部が答え

――お経っていったいなんでしょうか。

名越 お経には答えがないと言われるんですが、養老先生が、「目の前が答えだ」「目の前にあるのが結果でしょ」と言うわれたとき、見えたと思った。悟らせてもらいました。

養老 ありがたいでしょ（微笑）。

名越 お経に答えがないのではなく、お経全部が答えなんです。

お経っていうのは何かといえば、苦しみを取るというか、現世の中のいろんなモヤモヤとかをすっきりさせてくれるもの。要するに「バカボンのパパ」で

すよ。「これでいいのだ」という。しょうがないやんと。

みんなそれぞれ必死で生きてきたんだよ。その結果が今なんだよ。必死でやってきたから、システムをガチガチに整えたわけじゃないですか。でもその結果、それが独り歩きして僕たちもスリーパーホールド（プロレスの絞め技のひとつ）のようにギリギリ首を締められてしまった。これで絶対幸せになると思ってシステムを作ってきたのに、自分の首を絞めることになってしまった。そうなって初めて壊すことを考えてないことに気づいた。最近できた高層ビルなんかを見て、「こんな物、壊せないな」っておっしゃっていたけど、作ることが幸せだと思ってきたから。

みんなは、現実そのものが見えていないんですよ。でもお経は「違うよ、生きてることって結局こういうことだよ」って示してくれるものなんですよ。見えているのは、幻想として見ている妄想。現実は見えていないんです。だから現実を見なさい。そうしたら心の安定もけっこうあるよっていうのがお経なんですよ。

養老　ありがたいと思ってくれたらいいですよ。

あとがき

養老孟司

名越さんとは何度も対談した。なぜかそういう流れになったので、理由はよくわからない。たぶん相対したときの距離感がいいのではないかと思う。

名越さんが精神科のお医者さんで、仏教と身体技法の研究者ということが、大切な背景だと思う。どれにも私は関心があるけれども、それぞれに対して特別な意見があるわけではない。関心があって意見があると、その意見を主張したくなる。名越さんを相手に何か主張をするなんて、野暮である。主張しなくたって勝手にわかってくれるからである。

名越さんと話していると、河合隼雄《かわいはやお》さんを思い出す。河合さんは臨床心理の実践をしておられたが、やはり話しやすい方だった。河合、名越の共通点は関西人だということである。私の勝手な推測で言うと、関西には会話の文化があり、関東にそんなものはない。甲州人の会話は「石つぶての投げ合い」だと中《なか》沢新一《ざわしんいち》が書いたことがあった。私は根っからの関東人だと思っているので、そもそも他人とのおつきあいが文化的ではない。笑福亭鶴瓶《しょうふくていつるべ》を見ているとわかる気がするが、会話だけでなく、他人と相対したときの感じにまことに無理がない。会話自体が問題なのではない。会話が置かれる位置の問題だということが、西では会話以前から両者に理解されているのである。

いわゆるグローバル化以来、私が考える文化的な会話に不利な環境が広がってきた。コスパ、タイパがいわれるようになると、会話の文化には向かない。それよりＣｈａｔＧＰＴということになる。ビジネスとはあわただしいもので、それが社会活動の主流を占めるようになると、会話の文化性などは、だれも考えなくなるのであろう。山崎正和《やまざきまさかず》さんが晩年に「社交」の重要性を論じておられたが、いま思えば、こうした傾向を憂えてのことだったのだろうと思う。東京で活動しておられたが、山崎さんも関西人である。

べつにそんなことを考えながら、名越さんと話していたわけではない。ただ関東と関西の違いを考えさせるような状況は、どんどん減っていくと思う。皆が同じ土俵の上で理屈を言い合い、決定するのは実証的なデータだ、なんて世界は勘弁してほしい。幸い私は八十歳代後半で、すでにガン治療まで進行中だから、世間がどっちに行こうが、もはや知ったことではない。

私自身は鎌倉生まれの鎌倉育ち、鎌倉は古都などと言われるが、関東の典型で、じつに何もない土地である。世界の権力者で鎌倉幕府の要人たちほどの貧乏人はなかったのではないだろうか。なにか「文化」があったかと言えば、そういう雰囲気は何も感じない。残る遺跡と言えば、頼朝が勧請した鶴岡八幡宮と、臨済宗の寺院、五山くらいである。文化はなにほどかの余裕から生じるものので、お金がないと、そういう余裕なんか生じない。

この七、八月と、鶴岡八幡宮のミュージアム、文華館で『蟲展』と題して、私の虫コレクションの展示を行っていた。こういうことをする場所があることはありがたいことだが、虫の展示が文化かどうか、異論もあろう。

文化庁は京都に移転したが、他の省庁は動く気配もない。一極集中の害が言われたが、だれも本気でなかったらしい。ただ文化の西優位は実証？されたかもしれない。専門家は首都直下地震はいつ来てもおかしくないと言い、南海トラフ地震は三十八年という予測まであるのに、ほぼ知らんぷり。とりあえずなんとか金が儲からないかと、そればかり。折りからパリでオリンピックである。東京オリンピックで出た話題は、なにかと言えばお金。しみじみイヤな国になったなあと年寄りは感じる。いつからわれわれは「お金こそ現実」と思い込まされてきたのだろうか。名越さんを含めて、私がお付き合いする人たちに、そういう人はほぼいない。

ここはビミョーな話題なので、ここでやめておこうと思う。たまに名越さんにお会いして、お茶でも飲みたいなと思う。でもメールで日時を予約してなどというのは、面倒くさい、万事こういう風だから、現代はお付き合いが面倒になり「文化的」でなくなったのである。

イラストレーション　早川志織

ブックデザイン　鈴木成一デザイン室

ＤＴＰ　株式会社千秋社

校正　有限会社くすのき舎

編集協力　西所正道

編集　村嶋章紀

養老孟司（ようろう・たけし）

1937年鎌倉市生まれ。解剖学者。東京大学医学部卒業後、同大学院博士課程修了。東京大学医学部教授を経て、1996年から2003年まで北里大学教授を務める。東京大学名誉教授。1989年『からだの見方』でサントリー学芸賞、2003年『バカの壁』で毎日出版文化賞特別賞を受賞。『唯脳論』『養老先生、病院へ行く』『ものがわかるということ』など著書多数。

名越康文（なこし・やすふみ）

1960年奈良県生まれ。精神科医。相愛大学、高野山大学、龍谷大学客員教授。近畿大学医学部卒業後、大阪精神医療センターにて、精神科救急病棟の設立、責任者を経て、1999年に同病院を退職。引き続き臨床に携わる一方で、テレビ・ラジオでコメンテーターを務め、映画評論・漫画分析など、さまざまな分野で活躍中。著書に『「鬼滅の刃」が教えてくれた傷ついたまま生きるためのヒント』『SOLO TIME「ひとりぼっち」こそが最強の生存戦略である』『驚く力』ほか多数。

虫坊主《むしぼうず》と心坊主《こころぼうず》が説《と》く 生《い》きる仕組《しく》み

二〇二四年十二月一〇日 初版第一刷発行

著者 養老孟司《ようろうたけし》 名越康文《なこしやすふみ》

発行者 岩野裕一

発行所 株式会社実業之日本社
〒一〇七-〇〇六二
東京都港区南青山六-六-二二 emergence 2
電話（編集）〇三-六八〇九-〇四七三
（販売）〇三-六八〇九-〇四九五
https://www.j-n.co.jp/

印刷・製本 TOPPANクロレ株式会社

ISBN978-4-408-65115-6（第二書籍）